水滸伝 三

白虎山の攻防

平谷美樹

時代小説文庫

角川春樹事務所

目次

主な登場人物

史進（五紋龍）　史家村の豪農の息子。史儷とは双子。

史儷（四紋龍）　史進の妹。

呉用　旅の占い師。百八人の魔星を宿した英雄を捜している。

柴進　滄州横海郡の地主。多くの好漢を世話している。

魯《ろ》達《たつ》　元華州経略府提轄。得度し魯智深《ろちしん》と名乗る。

林冲《りんちゅう》　元禁軍槍術教頭。高俅に追われ柴進を頼る。

皇甫《こうほ》端《たん》　紅毛碧眼の馬匹医。経穴に詳しい。

徽《き》宗《そう》皇帝　政を疎かにし、造園に血道を上げて、民を苦しめている。

高俅《こうきゅう》　殿前司都指揮使（近衛府の長官）まで出世した男。

蔡京《さいけい》　真相（宰相）。百官の長。

童貫　枢密院太尉。

耶律猝炫《やりつそつげん》　遼国の王族の出身。北狄軍五千騎の将軍となる。
師巫迭里《しふてつり》　猝炫配下の密偵。巫覡《ふげき》の家の出。
沙陀《しゃだ》　猝炫配下の密偵。
馬衍《ばえん》　北狄軍の部曲将（千人隊長）。
朱仝《しゅどう》　元鄆城県の都頭（賊の捕縛をする役人）。
雷横《らいおう》　元鄆城県の都頭。

宋江　鄆城県の役人だったが孔太公を頼り白虎山に入った。
宋清　宋江の弟。
孔太公　大地主。白虎山に盗賊の山寨を築く。
孔明　孔太公の息子。孔亮の兄。
孔亮　孔太公の息子。孔明の弟。

晁蓋《ちょうがい》　呉用の弟子。梁山泊に入り一の首領となる。

杜遷《とせん》　梁山泊二の首領。
宋万　梁山泊三の首領。
朱貴　梁山泊四の首領。居酒屋の主人。
公孫勝　蘇州生まれの元道士。呉用の弟子。
劉唐《りゅうとう》　遼国出身の大柄な男。呉用の弟子。
安道全　梁山泊の医師。
王英　清風山の盗賊の一の首領。
花栄　清風山の盗賊の二の首領。
李忠　史進、史儷の棍術師範。桃花山の盗賊の一の首領。
周通《しゅうとう》　桃花山の盗賊の二の首領。
楊志　元殿司制使（宮殿を守る武官）。二竜山の首領。

薊州
燕京(幽州)
黄河
五台山
東流黄河
滄州
北京大名府
凌州(陵州)
恩州
済水
登州
萊州
山東半島
済南
青州
東昌
泰山
東平府
清風山
梁山泊
二竜山
桃花山
孟州
曹州
済州
沂州
東京開封府
西京河南府
唯州
南京応天府
邳
汝州
汴河
淮安(楚州)
泗州
濠州
淮河
襄水
蘇州
陽江(長江)
黄州
小孤山
江州
信州
竜虎山

〈関連地図〉

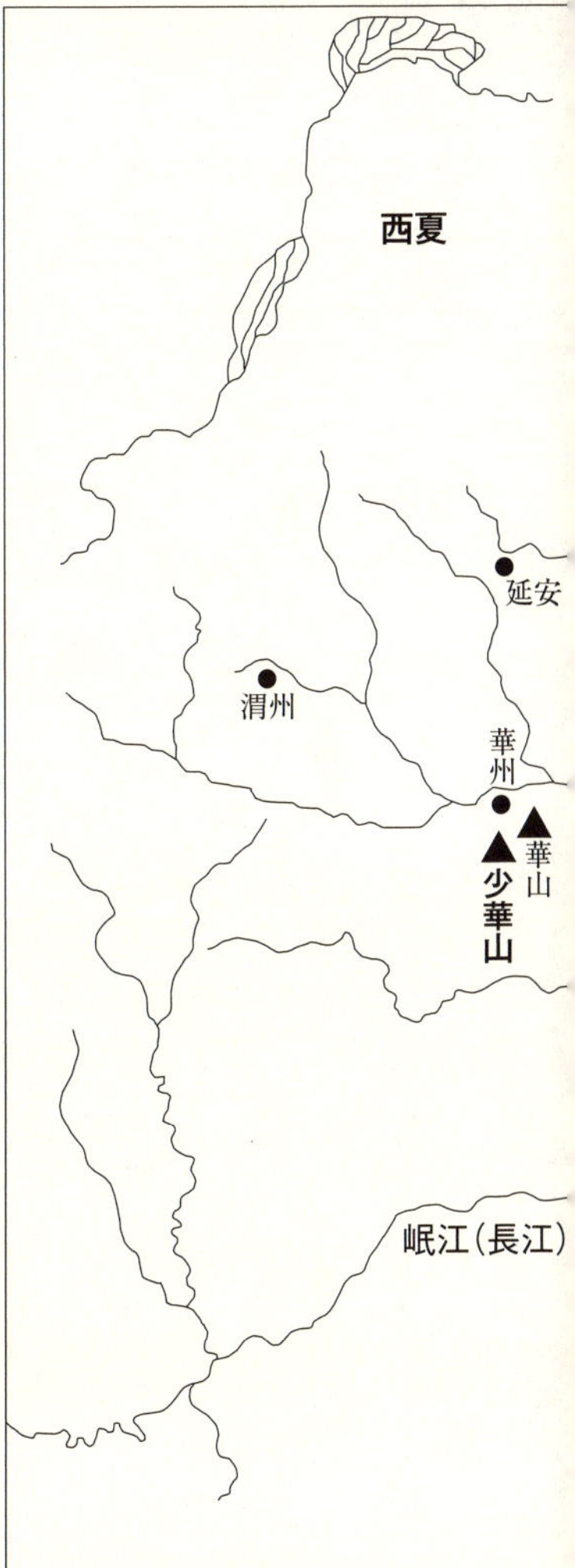

第一章

一

桃花山《とうかざん》の山寨《さんさい》に、梁山泊《りょうざんぱく》と山東四山の首領が集まっていた。

山寨の狭い節堂《せつどう》には長い卓を挟んで、九人が並んでいる。

梁山泊からは晁蓋《ちょうがい》。清風山《せいふうざん》は、小男の王英《おうえい》。二竜山《にりゅうざん》は楊志《ようし》。白虎山《はくこざん》からは、宋江《そうこう》ではなく白虎山麓の大地主、孔太公《こうたいこう》が出席していた。合同の戦《いくさ》評定《ひょうじょう》を提案した桃花山からは、李忠《りちゅう》と周通《しゅうとう》。それに加えて史進《ししん》、史儷《しれい》と呉用《ごよう》であった。

一同は、官軍が攻めてきた場合の相互の協力と陣形などを協議した。

基本的な作戦はすべて山東四山の兵で行うこととなった。梁山泊からの支援はないと官軍に思わせるためである。もし今、梁山泊と山東四山が手を結んだと知られれば、すぐにも大軍を投入される恐れがあった。もう少し時を稼ぎたい——。それが呉用の考えであった。

宋《そう》の大軍に抗するために、もっと焔硝《えんしょう》（火薬）を作っておかなければならない。

逆に、山東四山と梁山泊が結んでいない今こそ殲滅《せんめつ》する好機と考え、大軍を投入されるかもしれないと清風山の王英は主張したが、それならば最初から五千五百という中途半端な軍は出さないと呉用は突っぱねた。

一進一退を演じ、少なくとも三ヶ月ほど戦を長引かせれば、官軍はいったん開封《かいほう》へ退く。

呉用はそう言い、一同もその方向で戦を進めようということになった。

話が一段落したところで王英が大きく溜息《ためいき》をついた。

「正直な話、桃花山への呼出があった時は、迷った」

「なぜ迷う？」

史進が訊《き》いた。

「ウチの二の頭領の花栄《かえい》の友人、宋江を陥れた奴がいると聞いたからだ」

王英は呉用に鋭い目を向ける。

呉用は口をへの字に曲げて王英を睨《にら》み返す。

「陥れたとは人聞きの悪い。正しい道に導いただけだ」

「宋江は艱難辛苦《かんなんしんく》、やっとの思いで白虎山に辿《たど》り着いたのだ。味方にするにも、もっと別にやり方があろう」

「すべてを断ち切ってしまわなければ、過去の暮らしに未練が残る。そこに敵の付け入る隙ができる」

「その理屈は分からぬわけではないが――」と孔太公が言う。

「宋江どのの気持ちを考えれば、酷《ひど》いやり方であったな」

「宋江はなんと言っていた？」

呉用は訊いた。

「恨み骨髄」孔太公は含み笑いをする。

「だが、この度の戦評定は重要なので是非とも出席しなければならないと言っていた。しかし、ご存じのように白虎山の山寨はできたばかり。宋江どのは、山寨の防御を固める工事と配下たちの戦調練のために手が離せない。本来ならばここに来て、貴殿に拳の一つ二つ振るっておかなければ気が済まぬところだが――。と言ってわたしに代理を頼んだ」

孔太公の言葉に、呉用は不機嫌な顔になったが、なにも言わなかった。

「おれは――」王英が言う。

「汚い手を使うお前がいるとなれば、桃花山はおれを捕らえて人質にし、清風山を攻めようとしているのではないかと考えた」

「ならば、なぜここへ来た？」

史儮が面白そうに微笑《ほほえ》む。

「花栄が笑って『わたしが行く』と言ったからだ。命が惜しくて二の首領を送り込んだとあっては、一の頭領の面子《メンツ》が立たぬ」

王英はしかめっ面をした。

「体も肝っ玉も小さい男だ」

呉用は嘲笑する。

「貧相なお前が他人《ひと》のことを言うか」王英も鼻で笑う。

「さしずめ、自分の見窄《みすぼ》らしさに引け目を感じ、勉学で見返してやろうとでも思って本の虫になったのであろう？　自分に自信がないから大勢の弟子を集めて祭り上げさせる。お前の方こそ、小さい男ではないか」

「なかなかいい読みだ」

史儷は大笑いした。

呉用が唇をわななかせ顔を赤黒く染めて立ち上がった時、籐甲《とうこう》を着た男が飛び込んできた。一の関門の伝令である。

「官軍五千五百が、泰山《たいざん》の麓に集結したとのことでございます！」

「なに！　もう済水《せいすい》を渡ったというのか！」呉用の怒りの矛先が変わった。

「姚《よう》はなにをしていた！」

姚とは北京大名府《ほくけいたいめいふ》で官軍の動きを監視していた呉用の弟子たちの頭である。

「数十組の隊商に化けて府城を出たために気づけなかったとのことで」

伝令は言った。

「馬鹿者め！」

「姚からの伝令が泰山から走って来たのだとすれば、官軍はもうだいぶ進んでおりましょうな」

と言ったのは晁蓋だった。彼もまた呉用の弟子であるので姚のことは知っていた。

「今からそれぞれの山寨に戻っても間に合わぬやもしれませんな」

孔太公は眉を曇らす。

「また弟子の失敗か？」史進は呆《あき》れたように言う。

「こう何度も失敗するのなら、お前の教えもたかが知れているな」

「うるさい。ちゃんと尻拭いの用意はしてある」呉用は関門の伝令に顔を向ける。

「晁蓋の供をしてきた者の中に、皇甫《こうほ》端《たん》という男がいるから、用意をして客人の厩《うまや》へ行けと伝えろ」

「はい」

関門の伝令は節堂を走り出た。

「厩へとはどういうことだ？」

李忠が訊いた。

「いいから、お前たちも来い」

呉用は立ち上がり、厩へ向かった。首領たちと史進、史儷もその後に続いた。

客人の厩は節堂にほど近い山頂の平地にあった。片流れの屋根をもつ掘っ建て小屋であったが、馬を五十頭ほど繋《つな》げる広さがあった。

そこに繋がれた五頭の馬の側に、紅毛碧眼《こうもうへきがん》の男が立っていた。手に紐《ひも》で丸めた革の包みを持っている。

「駸穴《しんけつ》だ」

呉用は命じた。

紅毛碧眼の男――皇甫端は肯《うなず》くと、紐を解いて革の包みを開いた。中には百本を越える鍼《はり》がずらりと納められていた。

「シンケツとはなんだ？」

史進が訊く。

「馬の脚を速める経穴の一つ」皇甫端が答えた。

「騣穴に鍼を打てば、その馬の最大限の速力を引き出すことができる。ただし、一日走らせれば馬は死ぬ」

「それは困るな。いい馬なのだ」

王英は眉をひそめた。

「清風山までは一日もかからぬ。それでも心配ならば、下の厩へ行って駄馬をもらってこい。駄馬でもお前の馬並の走りを見せる」

「一日はかからぬが、それでも馬はだいぶ疲弊しよう？」

「山東三山に戻ったら――」皇甫端は王英、楊志、孔太公へ顔を向けた。

「馬は三日休ませよ。それだけ休ませれば寿命は縮まない」

三人の首領は肯いた。

「全員、騣穴の場所を覚えておけ。そして騎馬兵たちに教えておけ。いざとなったらそこに鍼を打った馬で戦場を脱出し、梁山泊へ駆ける」

「歩兵は？　騎馬兵だけ逃げるわけにもいくまい」

周通が訊いた。偉丈夫で厳《いか》つい顔をしていながら、小心者であった。

「腰穴は人にもある」

皇甫端はにやりと笑った。

「なに？　人にも使えるのか？」

周通と史進は言って、目を見開いた。

「並の兵ならば追いつけぬほどに逃げ足が速くなる」

「逃げるときばかりではなく、奇襲にも使えそうだな」

史儺が言った。

「では急いで鍼の用意をしなければなりませぬな」

孔太公が言った。

「縫い針で代用できる」

皇甫端は革の包みの中から縫い針を一本取り出し、清風山の首領王英の黒馬に歩み寄った。そして、右大腿部《だいたいぶ》のある一箇所を指で押さえる。

「腰穴の周囲は皮膚も痛みを感じない。針で刺激して、馬が反応しない場所を見つけろ」

皇甫端は指で押さえた辺りを軽く針で刺激する。最初の三回は、馬は小さく身を震わせて反応したが四回目はぴくりとも動かなかった。

「ここだ」

皇甫端は縫い針を刺し、一寸ばかり押し込む。次いで左の大腿部にも同様に針を刺した。

「やってみろ」

皇甫端は馬から針を抜き、王英に渡す。そして、楊志、孔太公にも二本の針を渡した。

「李忠どの、周通どのは後ほど試されよ」晁蓋は自分の馬の手綱を解いた。

「山東四山と梁山泊の馬たちに使う鍼は用意している最中だ。それまでは縫い針で代用してくれ。出来た鍼は後ほどそれぞれの山に運ぶ」

皇甫端が言う。

「人にも縫い針を使うか――」

周通と王英はその時の痛みを想像したのか、顔をしかめた。

「騣穴の周りは痛みを感じないと言ったであろう」

「わたしも試したが、痛みはなかった」

晁蓋は鞍《くら》に跨《また》がる。

「嫌がる者は縛りつけて、騣穴を試させろ。魯智深《ろちしん》などは嫌がって暴れ回るから、鎖で縛り上げて鍼を刺した」

皇甫端も馬に乗った。

「それはまた」史儷は笑った。

「ひと騒動であったろうな」

「まさに」晁蓋も笑いながら肯く。

「それでは、兵略通りに」

晁蓋と皇甫端は厩を駆け出した。

他の首領たちは、馬の騣穴に鍼を刺す練習をした後、それぞれの山へ帰った。

それと入れ違いに、再び一の関門からの伝令が来た。

「泰山の麓からの二の伝令が参りました」

一の関門の伝令は蹲踞《そんきょ》して言った。

「今度はなんだ?」

呉用が訊く。

「官軍に、宋江どのの弟君、宋清《そうせい》どのがいるとのこと」

「なに!」

呉用の顔色が変わった。

「その手も考えておくべきだったな」

史儱は唇を嚙《か》む。

「人質にされたか」

史進は言った。

「いえ……。一閭《ろ》、百人の兵を与えられているようで」

「閭長として参戦しているというのか」

李忠が眉をひそめた。

「鄆城県《うんじょうけん》都頭の朱仝《しゅどう》と雷横《らいおう》が副閭長として配属されているとのこと」

「朱仝と雷横」史僊は呉用を振り返る。

「天満星《てんまんせい》と天退星《てんたいせい》ではないか」

「偶然か、わたしの名簿を知って、あえて配属したか――」

呉用は腕組みした。

「こちらが宋清を奪還しようとした時の用心に、豪傑を配置したというわけか」

史進は言った。

「宋清を人質にしているのならば、最初に狙うのは白虎山か」李忠が言う。

「まずはさっき決めた兵略通り、桃花山から兵を出そう」

「よし。では二百騎を借りるぞ」

史進は李忠に言って兵舎への坂道を駆け下りる。史僊、呉用もそれに続いた。

※　　※

泰山の麓に官軍が集結し、そこに宋清が人質として囚われているという知らせは梁山泊にも届いた。

一の首領である晁蓋が桃花山に出かけているので梁山泊は二の首領の杜遷《とせん》、三の首領の宋万《そうまん》、四の首領の朱貴《しゅき》が留守を守っていた。

広い節堂で伝令から報告を聞いたのは三首領のほか、林冲《りんちゅう》と魯智深、朱貴の手下の李融《りゆう》であった。

李融は、晁蓋、林冲、公孫勝《こうそんしょう》、劉唐《りゅうとう》、阮《げん》三兄弟が梁山泊入りした時に、当時の一の首領であった王倫《おうりん》が七人の毒殺を計画していることを知らせ、未然に防いだ男であった。以来、晁蓋や林冲の手下として働いていた。

「宋江どのの弟をなぁ……」

宋万は太い腕を組み、唸《うな》った。

「見張りが朱仝と雷横か」魯智深が言う。

「二人とも相当な豪傑だぜ」

「宋清どのの奪還を阻止し、万が一の場合はその命を奪う役目であろうな」

林冲が肯いた。

「邪魔になる時には、死んでもらわなければなるまいな。こちらが宋清どのを気にして手加減すれば、官軍は勢いづく」

「救い出せばよい」

林冲は事も無げに言った。

「ずいぶん簡単に言うが、朱仝と雷横がついているんだぜ」

魯智深は顔をしかめた。

「怖いか？」

林冲はにやりと笑って魯智深を揶揄《やゆ》する。

「怖いものか！」魯智深はむきになった。

「怖くはないが、相手が朱仝と雷横だったら、こちらも必死で戦わなければならねぇ。きっと、宋清を助け出すどころじゃないぜ」

「わたしとお前ならば、他のものたちよりもうまく宋清を助け出すことができると思うが」

「なに？　たった二人でやろうというのか？」

「いやいや」と二人を遮ったのは宋万であった。

「呉用どのからは、梁山泊は動くなと言われている」

「梁山泊が動くのではない。わたしと魯智深が動くのだ」

「二人とも梁山泊の一員ではないか」

「宋江どのに気持ちよく梁山泊に入っていただくためには、宋清を死なせてはならない。ただでさえ呉用を快く思っていないのだ。ここで弟が殺されれば、意固地になる。山東四山の兵力は、せいぜい三千。五千五百の兵を相手にしながら宋清を救い出すことは至難の業であろう」

「三千でも難しいならば、そこにお前たち二人が加わってもどうにもならぬ」

「我ら二人だからこそ、活路がある」

林冲は微笑む。

「話が見えねぇ」

魯智深は首を振る。

「朱仝と雷横が、よほど頭が悪いか、官軍で旨《うま》い汁を吸っている奴でなければ、我ら二人でうまくいく」

　林冲は作戦を語った。

　魯智深、杜遷、宋万、朱貴、李融の五人はそれを聞いて「なるほど」と納得した。

「それでは二の首領。わたしと魯智深は出かけるぞ。失敗したら、どのような罰も受ける」

「いや。二の首領のおれが認めた出陣だ。責任はおれが負う」

　杜遷は言った。

「ともかく、桃花山の晁蓋首領に知らせを走らせておく」

　朱貴が言う。

「その役目はわたしが」

　李融が言った。朱貴は密偵をたばねる首領で、李融は元もと伝令や密偵の役割を務めていた。

「役目を終えたなら、林冲さま、魯智深さまに合流いたします」

「そうしてくれ」

　朱貴は肯いた。

　林冲、魯智深、李融は節堂を駆け出した。

二

白虎山は、桃花山、清風山、二竜山の三山よりも北に位置していた。討伐軍としても、まず白虎山を占領し、そこを橋頭堡《きょうとうほ》として三山を攻めるという兵略は理に適《かな》っていた。なによりも、白虎山は他の三山とは違い、百姓ばかりが集まった、いわば即席の山寨である。攻略するのは容易《たやす》いと思われた。

高い志気を保ち続ける北狄《ほくてき》軍は整然と最前列を行進していたが、正規軍は列も乱れ遅れがちになっていた。

枢密院太尉《すうみついんたいい》(官軍の長官)の童貫《どうかん》は、騎兵軍、歩兵軍を一曲(千人隊)と、東平府、青州、萊州《らいしゅう》、登州《としゅう》の精鋭一曲を貸すと言った。

騎兵、歩兵は領兵指揮使《りょうへいしきし》——総指揮官が異民族である北狄軍の耶律猝炫《やりつそつげん》であったから、最初から志気が上がらない。

北狄軍は三衙《さんが》——近衛軍、騎兵軍、歩兵軍のうち騎兵軍に属してはいたが、兵のすべてが異国人で構成される外国人部隊であった。それも、宋国の人々が北狄と蔑視する北の国々の者たちである。宋国の正規軍の兵たちは、最下層の士兵《どへい》(雑兵)であっても、北狄の将軍に指揮されるのを面白く思っていないのである。

不満は北狄軍側、猝炫にもあった。

東平府などの精鋭であるはずの一曲は、蓋を開けてみればみな就糧禁兵であった。

禁兵は宋の中央軍であったが、就糧禁兵は地方に駐屯させられる。一度赴任すれば、中央へ戻ることなく地方の転属を繰り返し、けっきょく地方軍の兵として一生を終えるのである。大きな戦で華々しい手柄でも上げて正規軍の名だたる将軍の目にでも止まらない限り、中央へは戻れない。盗賊の討伐程度の戦、それも北狄軍の将が領兵指揮使を務める戦など、出世の糸口にもならない。だから、志気が上がるはずはなかった。

行軍の道すがら、だらけた正規軍の態度を叱責することが多かった。こんな様子では、たとえ相手が盗賊の軍であろうと多くの損耗を出すに違いない。

正規軍の兵が何百人、何千人、盗賊どもに殺されようと気の毒だとは思わないが、こちらにとばっちりが来るのは迷惑だった。

正規軍の動きが悪いために北狄軍に余計な危険が及ぶことは充分考えられたし、正規軍の数が減れば、それは領兵指揮使である自分の責任になる。

北狄軍の兵たちも、遅れがちになる正規軍の行進や、野営時の酒宴のバカ騒ぎに腹を立てていた――。

先頭を進む黒い籐甲の北狄軍の中に、三騎だけ官軍の甲冑《かっちゅう》をつけた兵が混じっていた。

宋清とその護衛である朱仝、雷横である。小柄な宋清は偉丈夫の二人に挟まれ、同様の体格の北狄軍に埋もれていたが、心細そうな顔であった。

朱仝は七尺（約二・二メートル）を越える大男で、胸までの長い髭《ひげ》をたくわえていた。

小脇に朴刀《ぼくとう》をたばさみ、背筋を伸ばして黒馬の鞍に座っている。

雷横は朱仝より一回り小さかったが、それでも六尺（約一・八メートル）を越える偉丈夫であった。獅子《しし》の鬣《たてがみ》のような髭が顔の左右を囲んでいる。雷横もまた、朴刀を小脇に挟んでいた。二人とも鄆城県《うんじょうけん》で百人の歩兵をたばねる都頭である。

薄く霞《かすみ》のかかる白虎山が前方に聳《そび》えている。麓には孔家村の家並みが見えている。しかし、すでに山からは討伐軍の行軍を確認しているはずであったが、盗賊の軍団の姿はない。

「前に出ろ」

宋清たちの後ろを進んでいた猝炫が言った。黒い鋼の甲《よろい》と山鳥の羽根飾りのついた冑《かぶと》を身につけている。眉庇《まびさし》の下に、左目の周囲を覆う黒革の仮面があった。史進に斬られた傷を隠しているのである。

朱仝と雷横はちらりと後ろを見て肯くと、宋清の手綱を左右から握って、馬を走らせた。蹄《ひづめ》の音を聞いた北狄軍がさっと道を開ける。綺麗《きれい》に左右に分かれた北狄軍の間を、宋清ら三騎が走り抜け、先頭に立った。

兄者、すまない——。

宋清は心の中で呟《つぶや》いた。

※　※

宋江は白虎山の物見台に立って、官軍の動きを監視していた。

その横には武松《ぶしょう》が立っている。甲は身につけず、墨染めの衣に珠の大きな数珠を首から下げた托鉢僧の服装であった。腰の後ろに二本の戒刀《かいとう》（僧侶の護身用の刀）を差している。

黒ずくめの北狄軍の列が割れ、三騎の兵が先頭に立った。大柄な兵に挟まれているのは宋清――。

宋江の表情が険しくなる。桃花山から帰った孔太公から、弟が官軍にいることは聞いていたが、後方に置いて人質にするものとばかり思っていた。桃花山から二百騎を率いてやってきた史進が隙を突いて宋清を奪還する作戦であったが――。

「最前線で戦わせるつもりか……」

宋江は嚙みしめた歯の間から声を絞り出す。史進による奪還作戦は使えない。

「だからといって、手加減はできねぇぜ」

武松は宋江の肩を強く抱いた。

「分かっている」

そこへ、甲の札《さね》を鳴らして史進が現れた。

「兵舎から官軍が見えたんで来てみた。宋清が先陣を任されたようだな」

史進は唇を嚙みながら宋江に並ぶ。

「仕方がない」宋江は溜息をつく。

「奪還は兵略からはずそう」

「諦めるな」史進は言う。

「奪還できる好機があれば、おれが救い出す」

「無理をするな」宋江は力無く笑う。

「お前は正面から北狄軍に突っ込んでいく役であろう。宋清を奪い返す余裕などあるまい」

「もとはと言えば、呉用の策略のせいでこういうことになったが――、お前の弟には罪はない。出来る限り助けたい」

「……すまんな」

宋江は複雑な思いであった。史進の言うとおり、呉用がすべて悪い。なのに、呉用の仲間である史進の心遣いに礼を言わなければならない。

「宋江さま！　武松さま！」

叫んで走ってきたのは、孔太公の次男、孔亮《こうりょう》であった。

「ただいま梁山泊より、林冲どのと魯智深どのが到着なさり、節堂へご案内いたしました」

「林冲と魯智深が？」

史進が眉をひそめる。

「宋清どのの奪還について、よい兵略をもって来たと仰せられています」

「なに？」

宋江は節堂に向かって走った。史進、武松もその後に続いた。

※　　※

節堂でしばらくの間密議が行われた後、白虎山から他の三山に伝令が走った。

三

討伐軍は孔家村から四里（約二・二キロ）ほど西に離れた荒野に陣を張った。正面に白虎山が聳えている。討伐軍と白虎山の間には丘陵《きゅうりょう》があり、山寨への道が続いている。見通しは利かなかったが、丘陵の向こう側に陣を張ったのでは山に近すぎて森の中から矢で狙い撃ちされる恐れがあった。丘陵の頂上には五人の見張りが立って、白虎山の麓を警戒している。

宋清、朱仝、雷横は馬に跨ったまま、本隊から一里（約五五三メートル）、山寄りに立っている。さながら、猛獣をおびき寄せる生き餌のようであった。

先手の北狄軍は三千五百を二つに分けて、その後方に整列している。

童貫から借りた二曲、二千人の兵はさらに後ろで雑草を刈り払い宿営地を整えていた。

荒野のあちこちから虫の声が聞こえている。

それが突然止まった。

沈黙したまま待機していた北狄軍の騎兵、歩兵が武器を構えた。

五人の歩哨《ほしょう》が同時によろめいた。

矢に喉を貫かれ、地に倒れる。

勃然として激しい蹄の音が荒野に響き渡った。

史進率いる桃花山の旗印を掲げた二百の騎馬兵が丘陵の頂上に現れ、一気に駆け下ってくる。

北狄軍の弓兵が弓を構えるが、二百騎の速さは尋常ではなく、狙いを定められなかった。

二百の馬は駸穴に縫い針を打たれていたのだった。

二百騎はあっという間に宋清、朱仝、雷横の横を擦り抜けて、北狄軍に迫る。

十騎が本隊から離れ、宋清たちの馬を取り囲んで追い立てた。朱仝と雷横は宋清の馬の手綱を摑《つか》んだまま朴刀を振り回し、十騎に打ち掛かろうとしたが、盗賊たちは素早く馬を操ってその切っ先を避け、巧みに三人を北狄兵から引き離す。

真正面から突き進んでくる百九十騎に、北狄軍の矛隊がその切っ先を向ける。

史進たちは朴刀を振るって矛を断ち切り、兵を蹴散らした。北狄軍の隊列が乱れたところで左右に展開し、二陣との隙間を駆け抜けた。

同時に、北狄軍の左右から五百騎の騎射隊が現れた。五百騎ずつの騎射隊は北狄軍の左右を挟んで円を描くように走り、次々に矢を放った。

猝炫は、二陣の後方で猖獗《しょうけつ》隊に囲まれ、馬上から北狄軍と盗賊たちの戦いを眺めていた。

猖獗隊は北狄軍の精鋭を集めた猝炫の護衛隊である。

「なるほど。少ない人数をそうやって補うか」

猝炫は左右に居並ぶ猖獗隊に合図を送る。

五十騎の猖獗隊は、方天戟《ほうてんげき》を構えて馬を走らせた。

宿営地を整えていた兵たちは、突然現れた敵軍に、慌てて武器を取った。

しかし、荒野の東西に大規模な土煙が上がるのを見てたじろいだ。騎馬や歩兵の大軍が押し寄せて来ているのは、鼓角の音で分かった。少なく見積もっても合わせて一万を越える軍勢である。

出陣前に、山東四山に籠もる盗賊たちは総勢三千を下ると教えられていた。いつの間に三倍以上に膨れあがったのか——。そういう疑問を持つ余裕はなかった。

二千の兵の半数は散り散りに逃げ出した。

朱仝、雷横は、後方の混乱を気に掛けながらも、十騎の囲みから脱出しようと、宋清の馬の手綱を引きながら、朴刀を振るっていた。

囲みの外側に動くものを見つけ、朱仝と往来はちらりとそちらに視線を向けた。

甲冑姿の男と僧形の男が馬に乗って丘を駆けて来る。甲冑の男は刃が蛇のようにうねった蛇矛《じゃぼう》を持ち、僧形の男は鋼の錫杖《しゃくじょう》をたばさんでいた。

十騎の盗賊たちは、さっと囲みを開いた。

二人の男は朱仝、雷横に対峙《たいじ》する。

朱仝、雷横は宋清を後ろに隠すように馬を前に出した。手綱は後ろ手に持っている。

「何者だ？」

落ち着いた声で朱仝は訊いた。

「元禁軍槍術《そうじゅつ》教頭、林冲」

「元華州経略府提轄《かしゅうけいりゃくふていかつ》、魯達《ろたつ》改め、魯智深」

「ほぉ」と目を見開いたのは雷横であった。

「二人とも名だたる豪傑ではないか。そんな者たちが、なぜ盗賊らの味方をする？」

「そんなことは聞かなくても、お前たち自身が身に染みて感じてるんじゃねぇのか？」

魯智深が言った。

「天に代わりて不義を討つか？」

朱仝は静かに笑った。

「おかしいか？」

魯智深は朱仝を睨《ね》めつける。

「不義は世の中に横溢《おういつ》している。潰しきれるものではない」

「火事は火元を消せば鎮火する」

魯智深は我ながら上手《うま》いことを言ったと思い、自慢げに胸を張った。

「小火《ぼや》ならばそれですもうが、燃え広がった大火は、火元を消しても燃え広がる」

朱仝は首を振る。

「さらに燃え広がることが分かっているのに、火事を放っておくというのか？」

魯智深はむきになって言う。

「古《いにしえ》より幾多の国が生まれ、滅んでいった。宋国もその一つに過ぎない。お前たちが引っ掻《か》き回さずとも、いずれ宋国は滅ぶ」

「それまで火事場の見物を決め込もうというのか？」

と訊いたのは林冲だった。

「そうだ」

朱仝は答えた。

「ただの見物とは言えまいな。討伐軍に加わり、宋清の奪還を阻止する役目を担っているのは、杯に注いだ油をちょろりちょろりと火に注いでいるのと同じことだ」

「これはまた、ずいぶんみっともない姿に例えられたものだ」

朱仝は苦笑した。

雷横は魯智深に顔を向ける。

「火元を消せば鎮火するってぇのは、皇帝と蔡京《さいけい》、童貫、高俅《こうきゅう》あたりを殺せばどうにかなると思っているってことか？」雷横は嘲笑するように言う。

「おめでたい奴だぜ」

「お前は鱒《ます》という魚を知っているか？」

朱仝が落ち着いた口調で言った。

「おれを馬鹿にしてるのか？」

魯智深は顔をしかめる。

「鱒という魚は、一番強いものが川の中で一番餌が獲《と》れる場所に陣取る。その一番強い鱒が、川漁師に獲られると、すかさず二番目に強い鱒がその場所に入る」

朱仝の話を雷横が引き取る。

「開封には三人の後がまに座ろうという奴がウジャウジャといる。奴らがぶっ殺されても誰か別の奴がその地位に座る。そんな理屈も分からねぇか?」

「林冲。こいつら、なにを言ってもきかないぜ。ぶっ殺して宋清をかっさらって行こう」

魯智深は唾を吐いた。

「ぶっ殺されるのはお前の方だ」

雷横は目をぎらつかせて左手で朴刀を回した。

魯智深は錫杖を振り上げる。

雷横の刃の切っ先が魯智深の脇腹を突く。

魯智深の錫杖がそれを打ち払う。

雷横の右手は宋清の手綱をしっかり握っている。宋清の馬は右へ左へ引っ張られる。

朱仝の左手も宋清の手綱を握っているので、彼もまた右へ左へと動いた。

林冲は朱仝が振られた隙を狙って蛇矛を突き出す。

朱仝は朴刀でそれをはね返す。

雷横と朱仝に手綱を引っ張られ、宋清の馬は激しく揺さぶられた。

宋清の馬に黒い影が駆け寄る。李融であった。

尻に手をかけて宋清の背後に飛び乗ると、李融は匕首《ひしゅ》で手綱を断ち切った。

「後はご存分に！」

李融は馬の鬣を摑むと、にこやかにそう叫んで馬を走らせた。

「あっ！　この野郎！」

怒鳴って雷横が李融を追う。

魯智深がその前に回り込み、錫杖を振るう。

朱仝は手綱を操って林冲から間合いを開け、朴刀を下ろす。

「あと一人、二人、護衛をつけておくのだったな」

と無念そうに言った。

「その時にはまた別の手を考えたさ」

林冲も蛇矛の構えを解く。

宋清と李融を乗せた馬は、白虎山への坂道を駆け上って行く。

「宋清を奪われたからには、貴殿らを討ち果たさなければならぬ」

朱仝は朴刀を構え直す。

その時、李融が後ろを振り返って角笛を鳴らした。

「こちらは、無駄に兵力を失うわけにはいかんのでな」

林冲は手綱をさばき「魯智深！」と叫んで馬を白虎山に走らせる。

魯智深は雷横の眼前に錫杖を鋭く突き出し、相手が後退した隙に逃げ出した。

「逃がさん！」

朱仝と雷横は二人を追う。

しかし、林冲と魯智深の馬は信じられない脚力を見せて、あっという間に朱仝らの馬を引き離し、白虎山への坂を登った。

北狄軍ら討伐軍と戦っていた盗賊の騎馬兵たちも、角笛を聞いて馬の首を回し、一斉に東西へ逃げ出した。

猝炫と朴刀で斬り合っていた盗賊も手綱を右に引いて逃げ出そうとした。

猝炫はその背中に剣を投げつける。

剣の切っ先は盗賊の背中に潜り込み、胸に突きだした。一瞬で絶命した盗賊は落馬した。

騎手を失った馬は所在なげに歩みを止める。猝炫はその馬に近づき、手綱を取った。

盗賊たちは凄《すさ》まじい速さで白虎山の南へ回る道を駆け去る。

荒野には、五十人ほどの盗賊と、それに数倍する討伐軍の死骸が転がっていた。

「こちらの損耗は百五十ほどでございます」

北狄軍の馬衍部曲将《ばえんぶきょくしょう》（千人隊長）が近づいて、猝炫に報告した。

「たかが盗賊どもと侮ったのが敗因だな」

「面目ございません」

「たかが盗賊と侮るのは、正規軍の者どもが我らを『北狄軍よ』と嘲るのと同じ。常々己をも戒めて来たつもりであったが——。人の心とは弱いものだな。相手が格下だと思いこむと、どうしても侮る思いが涌き上がる」

「今一度、肝に銘じます」

馬衍は頭を下げた。

「小競り合いには負け、宋清も奪われたか」

猝炫は、とぼとぼとこちらに馬を走らせる朱仝と雷横を見ながら言い、馬を下りた。そして、さっきまで盗賊が乗っていた栗毛の馬を子細に調べる。

「なにをなさって御座《おわ》す？」

馬衍は訝《いぶか》しげに猝炫を覗《のぞ》き込む。

「敵の突撃と撤退の速さ――。馬に何か細工をしているに違いない」

猝炫はすぐに馬の大腿部に刺さった縫い針を見つけた。

「左右の腿に縫い針が刺さっている。何かの呪《まじな》いか――？　今の騒ぎで逃げ出していなければ、馬《ば》匹《ひつ》医《い》を連れて来い」

猝炫に言われ、馬衍は肯いて設営中だった宿営地の方へ走った。

※　　※

「この針は、おそらく経穴を突いておりますな」

白髪白髯《はくぜん》の馬医は言いながら馬の大腿部に刺さった縫い針を抜いた。

「経穴――。針を刺せばどんな効果がある」

「いや……」

馬匹医は白い眉をひそめた。

「敵は皇甫端を抱え込みましたな」

「どういう意味だ？　皇甫端とは誰だ？」

猝炫は訊いた。

「わたしの知りますところ、宋国で一番の馬匹医でございます。鍼治療の名手で、古来から知られている経穴以外に、八十八の経穴を見つけたと言われております」

「縫い針が刺さっていたのは、皇甫端しか知らぬ経穴だというのか？」

「おそらくは」

「そうか……」

猝炫は栗色の毛の下に見える、ぽつんと赤い針の刺し痕を見る。

「お前もここに鍼を打つことは出来るか？」

猝炫は訊いた。

「はい」

馬匹医の言葉に猝炫は肯いて、馬衔を振り返った。

「同じ程度の力の馬を二頭用意しろ。馬匹医に試させる」

「鍼を打ったものと鍼を打たなかったものの力の差を見るのでございますな」

馬衔は言った。

「おそらく馬の脚を速める経穴であろうが――。この経穴に鍼を打てばどのような効果があるのか、はっきりと確かめよ。有用なものならば、我らの騎馬軍でも鍼を用いる」

馬衍と馬匹医は肯いてその場を離れた。

※　　※

官軍の斥候は、荒野の中に土砂を撒《ま》き散らした一帯を見つけた。盗賊どもはそれを蹴散らして大軍の土煙に見せかけていたのだと分かった。土煙を巻き起こすために動員された兵はせいぜい二百。

土煙は梁山泊軍のものではなかった――。

報告を聞いた猝炫は訝しんだ。

梁山泊に入ったと思われる林冲と魯智深が宋清を奪いに来たのだから、彼らが大軍を率いて来たと思ったのだが――。

こちらを攻めた盗賊軍の旗印は桃花山。とりあえず、白虎山と桃花山が結んでいることは分かったが、残りの二山はどうした？

梁山泊も山東四山も、まだ共に戦う盟約は交わしていないのか？

梁山泊の援軍を期待出来ないから、土煙で偽の大軍を装ったか――。

では、なぜ林冲と魯智深が宋清を奪いに来た？

日々、英雄、豪傑、そして盗賊や謀反人が流れ込んで膨れあがった梁山泊軍はしょせん烏合《うごう》の衆。集まった豪傑たちは好き勝手な動きをしている――。そういうことか？

宋清を奪い、今度は梁山泊がそれを人質にし、宋江を迎え入れようとしている――。

「そういうことか。あるいは、そう思わせ油断させようとしているのか」

猝炫は、本陣の中に次々に建てられていく遼国風《りょうこく》の天幕を見つめながら独りごちた。

四

その少し前――。

宋江は白虎山の物見台の上で眼下で繰り広げられる桃花山の盗賊たちと討伐軍の戦いを見下ろしていた。

宋清が盗賊の一人に救われて戦場を脱出し、林冲、魯智深、桃花山の軍が旋風のごとく撤退を始めると、宋江は大きく息を吐いて物見台にへたり込んだ。物見に立っていた数名の兵――孔家村の村人たちも安堵《あんど》の吐息をついた。

弟は無事に救い出された。

だが、梁山泊に大きな借りが出来た――。

桃花山軍が北狄軍を攻撃した、回る水車のような奇抜な陣形から見て、兵略は呉用が考えたものであろう。

つまり、呉用に借りが出来たということだ――。

「いや、違う」

宋江は顔をしかめて首を振る。

呉用のせいで、今まで散々な目に遭わされたのだ。これは、その借りを返してもらっただけだ。なにも恩義を感じる必要はない。

そう考えると少し気が楽になった。

桃花山軍が引き上げると、逃げ出していた兵たちがぞろぞろと戻り、陣の形を整えた。

五千を越える兵は十一の屯《とん》（五百人隊）に分かれ、八屯が白虎山の南面を囲むように並んだ。三屯はやや西寄りに向きを変えて桃花山軍が攻めて来るであろう方向を固めた。

陣形が決まると、半数ほどの兵を残して、天幕の設営を始めた。

遼国風の丸い天幕である。側壁に木製の蛇腹柵を回して、幾枚も布を被《かぶ》せて作る天幕は、簡単に設営でき、風雨にも強そうであった。最奥には小さな家くらいの天幕があり、それが将軍の猝炫の天幕であろうと宋江は思った。

宋清が助け出されたことで、宋江は冷静に敵陣を観察することが出来た。

あの天幕は、夏には布の枚数を減らし、冬は毛織物を重ねてやれば、快適な居住空間を作ることが出来る――。

「これからの戦いを考えれば、あの天幕は使えるな」

宋江は呟いた。

「宋江さま」

声がして、松林の中を鉄の甲を着た若い男が走ってきた。孔太公の次男、孔亮である。

「宋清さまが到着なさいましたので、節堂にご案内いたしました」

「そうか！」

宋江は跳び上がるように立って、節堂に走った。

白虎山の南麓には杣道《そまみち》や獣道に模した裏道が幾本かあった。宋清たちはそこを登って山寨に辿《たど》り着いたのであった。

白虎山の山寨はまだ完成しておらず、節堂へ向かう坂道のあちこちに、土地を均して宿舎や小屋を建てる村人たちの姿があった。建築の鎚音《つちおと》や、鍛冶屋《かじや》が不足している武器を打つ音が響き、真新しい材木のにおいが漂っていた。

節堂に駆け込むと、卓を囲んで宋清、孔太公、その長男の孔明《こうめい》、林冲、魯智深が座っていた。武松は山寨の見回りに出ていた。

「兄者！」

宋清は椅子を立つ。

「清！」

宋江は弟に駆け寄り、肩を叩《たた》いた。

「わたしのために苦労をかけた――。父上は、息災か？」

宋清が人質に取られていると聞いて、まず膨れあがった不安であった。弟が捕らえられたならば、父もまた――。と考えたのである。

「息災でございます。さてわたしもと思った所を急襲されて……。呉用さまのお弟子が迎えに来て、下男たちと共に柴進《さいしん》さまの元へ逃しました」

宋清の目に涙が滲《にじ》む。

「呉用から……」

宋江は苦虫を噛んだような顔になる。

「呉用は」と林冲が言った。

「自分が引きずり込んだ人物の家族のことまで考えている。

「官軍の手が回りそうな者は、とりあえず柴進どのの所へ送り、それから然《しか》るべき所へ逃がすよう手配しているのだ」

「そうだったのか……」

宋江は肯いた。だからといって自分にたいして行った仕打ちを許すつもりにはなれなかった。

林冲はその表情を読んだのか、「まぁ、色々と話し合ってみることだ」と言った。

「弟を救うために危険を冒してくれた貴殿らには、礼の言い様もない」

宋江は頭を下げた。

「林冲が考えた兵略だ」魯智深が言う。

「掩護の策は呉用の案だ」

呉用の名を聞いて、宋江は小さく舌打ちした。

「そう嫌うな」魯智深は苦笑する。

「あんたが辛《つら》い目に合ったのは気の毒だとは思うが、命は落とさぬように密《ひそ》かに護衛がついていたんだぜ」

「護衛がついていたのならば、ちゃんと姿を見せて安心させてほしかった」

宋江は唇を尖《とが》らせる。

「姿を見せれば宋江どのは『呉用がつけた護衛などいらぬ』と追い払ったであろう」林冲が言う。

「そうすれば姿を見せずに護衛をしなければならない。手間を省いたのだ」

「追い払ったとしても護衛がついているのだと知っていれば安心できた」

宋江はむきになって言う。

「面倒くせぇ男だな」魯智深は眉間に皺《しわ》を寄せた。

「本当にこの男、宋江なのか？　鄆城県の呼保義《こほうぎ》宋江は誰もが心服する人格者だと聞いているぜ」

その言葉を聞いて宋江はますます膨れた。

「他人《ひと》が勝手に言っていることだ。そんな噂《うわさ》を前提に、わたしの人格を云々《うんぬん》されるのは迷惑だ」

「なんだと？」魯智深は語気を荒らげる。

「それが弟を救ってやったおれに言う言葉か？」

「だから貴殿らには礼を言ったではないか」

宋江は魯智深の形相に怯《おび》えたが、勇気を振り絞り震える声で言った。

林冲が間に入ろうとした時、節堂の外に大勢の足音がした。甲の札や佩《は》いた剣が触れ合う音も重なる。

「さて、次の作戦だ」

と節堂に入ってきたのは史進だった。節堂の外には二百人の兵が蹲踞した。桃花山の盗賊たちであった。

宋江は史進の顔を見ると、表情を固くして小さく会釈した。

「おれにはそういう態度でもいいが、林冲や魯智深には礼を言ったか？」

史進は卓につきながら言った。

「言った」

宋江は短く答えた。

「それから、実際にお前の弟を戦場から助け出したのは、朱貴の配下で李融という男だ。後で会ったらそいつにも礼を言っておけよ」

「うむ……」

宋江は内心、あれが呉用の部下でなくてよかったとほっとした。

「呉用と史儷は？」

魯智深が訊く。

「梁山泊に戻った。顔を見ればブツクサと文句を言う奴がいるからな」

史進は宋江に目を向け、にやりと笑った。

「次の作戦はどうなるのでございますか？」宋清がおずおずと訊いた。

「耶律猝炫将軍は、北狄ながら侮れぬ男でございますぞ」

「兵站《へいたん》を断つ」

史進が言う。

「武器、食糧の補給は、北京大名府から東流黄河を船で下り、途中で陸路を南下。済水《さいすい》を渡って済南《さいなん》から山東四山へ向かうことになるだろう」

林冲が続けた。

「山東四山への兵站ならば、東平府から済水を使って済南まで船で荷を運ぶのが近い。なぜわざわざ遠回りの黄河を使う――」そこまで言って、宋江は気がついた。

「そうか。済水を使えば、梁山泊の縄張りを通るか」

「余計な戦いを避けるために黄河を使うはずだ」

史進が肯いた。

「黄河から済水までの陸路は、山東四山から離れすぎているから、こちらの兵站を築きにくい。だから済南から山東四山の間に陣を敷いて討伐軍の兵站を断つのだ」

「開封から登州までの陸路はどうする?」

宋江が訊く。

「済州で断つ。あの辺りの盗賊団と手を結んだ。官軍の荷物は自分たちの取り分にしてよいという約束だ」

「こちらに兵糧攻めを仕掛けていると思っているうちに、自分たちが兵糧攻めを仕掛けられていたということか」

宋江は肯いた。

「滄州《そうしゅう》、恩州の盗賊たちも済南から山東四山の間の陣に加わる」

史進が言った。

「数は？」

「およそ一千。本当に使い物になる兵はその十分の一に満たないだろうが、荷駄隊を襲うには充分だろう。梁山泊からも将を出す」

「兵站を断つのはいいが、討伐軍はどうやって倒す？」

宋江の問いに、史進、林冲、魯智深は顔を見合わせた。

「なんだ。倒す兵略は考えていないのか？」

「考えている」

史進が言い辛そうに答えた。

「討伐軍に、白虎山をくれてやる」

魯智深がすまなそうに言った。

「なに？」宋江は片眉を上げる。

「どういう意味だ？」

「白虎山は討伐軍に攻められて陥落する」

と、史進。

「なにを言っている？」

「もちろん、白虎山の者たちにはその前に撤退してもらう――。討伐軍は意気揚々と白虎山を占領し、残る山東三山攻略の基地とする」

「あっ……」宋江は兵略の全貌を理解した。

「討伐軍を白虎山に誘い込んで兵糧攻めにするつもりなのだな？」

「そうだ」

史進が言い、林冲、魯智深が肯く。

「白虎山の山寨は、孔明、孔亮、そして孔家村の若者たちが力を合わせて築いたものだ。それを一時的にしろ、討伐軍にくれてやると？」

「孔太公からは承諾を得ている」林冲が言った。

「この辺りの地形は山東四山の軍の方が熟知している。地の利はこちらにある。だが相手は戦いに慣れた五千五百――今は五千四百か五千三百だろうが、いずれにしろ強敵だ。こちらは調練を続けてはいるが、まだまだ充分な兵力とは言えない盗賊団。平原で戦うより白虎山に閉じ込める方が有利に戦える」

「確かにその通りだが……」

宋江は唇を噛む。

白虎山の山寨は、籠城した討伐軍との戦いで、破壊されてしまうだろう。村人たちがこつこつと作った建物群が、敵に使われそして破壊される――。なんとも気の毒であった。

宋江の顔を見て、史進が苛々《いらいら》と言った。

「白虎山で盗賊の首領になることが、お前の望みだったのか？　孔明、孔亮、孔家村の若者たちの望みは、お前を頭にして盗賊団になることだったのか？」

「いや……、そうではない」

宋江は、史進がなにを言わんとしているのか気づき、苦い顔をした。

「ならば、お前の望み、村の若者たちの望みとはなんだ？」

「孔太公、孔明、孔亮、そして村人たちの望みは世直しだ。わたしは……、言ってみれば付き合いだ」

「付き合いか」

林冲が笑った。

「孔明、孔亮の後見を頼まれた。彼らが望むならば、それを叶《かな》えられるよう手を貸すのが後見の勤めだ」

「付き合いでもなんでもいい」史進が言う。

「世直しのために一時的に白虎山を捨てることが必要だと言っているのだ。せっかく作った山寨がもったいないからと、大望を捨てるのか？」

「うむ……」宋江は最後にもう一度、抵抗を試みようとした。

「それは、呉用の兵略か？」

「そうだが、我らは呉用の考え出す兵略に唯々諾々と従っているわけではないぞ。状況を考えれば妥当な兵略だと、貴殿も気づいているはずだ」

林冲は言った。

「もう呉用が気に食わないなどと言ってはいられない状況なのだな」宋江は小さく首を振る。

「今のところ、戦う相手は北狄軍を中心とするさして大きくない軍団だが、いずれ宋国の大軍と刃を交えることになる。ならば山東四山と梁山泊は結ばざるを得ない」

「そういうことだ」林冲は肯いた。

「まずは山東四山と梁山泊で、山東を支配下に置く。次に梁山泊の周辺を平らげる。そして、滄州を中心に、河北道を押さえる」

「そううまく行くものか。腐っているとはいえ、その気になれば宋国はこちらの十倍、二十倍の兵を投入して来るぞ」

「それはほかに敵がいなければの話――。と呉用は言っていた」

史進が言う。

「ほかの敵?」宋江は眉をひそめた。

「遼国や西夏《せいか》のことを言っているのか?」

「女真《じょしん》だ」

「女真――。まさか、女真と手を結ぶというのではあるまいな?」

「そのまさかだ。山東で作った焔硝を女真に売る」

「駄目だ、駄目だ! 北狄に武器を売って宋国を攻めさせようというのか! 宋国に住む者たちが正義のために立ち、腐敗した大内《だいだい》と戦うのでなければ意味がない！」

「大義のためならば、使えるものは何でも使う――。それが呉用の考え方だ」

「北狄、南蛮、東夷《とうい》、西戎《せいじゅう》を使うのだけは駄目だ。連中は隙あらば宋国の豊かな土地を手中に収めようと狙っている。そんな連中に付け入る隙を与えてはならない。四夷は、手を組む相手ではない。滅ぼさなければならん国々だ。宋国の者たちの力で大内に巣くう奸賊《かんぞく》を滅ぼせばいいのだ」

「徽宗《きそう》帝は？」

　魯智深が口を挟む。

「こう申してはなんだが……。皇帝は傀儡《かいらい》にすぎない。徽宗帝に仕える者を総取替すれば、国はまともに動き出す」

　宋江の答えを聞いて、魯智深は林冲や史進の顔を見た。

「本当にこいつを仲間にしていいのか？　まるで役人みてぇなことを言うじゃねぇか」

　林冲の表情もまた冴《さ》えない。

　呉用が宋江を梁山泊の首領に迎えたいという意図が分からなくなっていた。規律をもって梁山泊を治めるならば、このような男が必要なのかも知れないが――。

「心ある役人だな」

　林冲は言った。

「まぁ、その辺りの諸々は呉用と話し合え」

史進は言った。

「それで、わたしはなにをすればいい？」

宋江は溜息をついて言う。

「おれが連れてきた桃花山の騎馬兵は置いて行く。お前は白虎山に陣取って、正面の討伐軍と戦え。おれは、三山からの道を塞いでいる西の軍を突く。勝つことは考えるな。奇襲して相手に打撃を与えたならば、すぐに山へ引き上げろ。それを繰り返して済南からの道と開封からの道を断つための時を稼ぐんだ」

「兵略は？」

「お前たちが攻めれば、西の軍も動く。おれは西の軍の背後から突破して、正面の軍の側面を突く。逆におれの軍が先に攻めたならば、お前たちは動いた正面の軍の側面を突け」

「一度しか使えない兵略だな」宋江は首を振る。

「二度目は、こちらが攻めてもお前が攻めても、側面からの攻撃を警戒する」

「もう一軍、二軍が加われば、そうはならん」林冲が言う。

「東から清風山の花栄。北から二竜山の楊志が奇襲をかける。夜戦は、単独で行う。戦況を見渡すことが出来ないから、援軍は出せない」

「昼夜構わず東西南北、どこから攻めてくるか分からない四山軍に、討伐軍は疲れ果てる」

史進が言う。

「なるほど……」

「そのほかにも色々と仕掛けを用意しているが、それらの兵略については、また後で話す。貴殿には納得できぬものもたくさんあろうがな」と林冲は苦笑しながら言う。

「我らはこれで引き上げるが、南麓の裏道の警戒を怠るな。向こうも必ず奇襲を企てる」

「史家村《しかそん》では村人が人質にされた」

史進が言った。

「孔家村の者たちの半分は白虎山に入った。残りは親戚を頼って旅立った。人質になる心配はない」

孔太公が口を開いた。

「猝炫は少華山《しょうかざん》を焼いた。斧《おの》を振るいだしたら気をつけろ」

史進は席を立つ。

「少華山の話は聞いている。中腹に弓箭手《きゅうせんしゅ》を配置している」

宋江は答えた。

「よし。では、今夜はおれが仕掛ける」

史進は言って節堂を出た。林冲、魯智深もそれに続いた。

五

闇に包まれた白虎山の物見台に、宋江と武松、孔明、孔亮、そして孔家村の若者の中でも腕が立つ者たちが集まっていた。

眼下の平野には幾つもの篝火《かがりび》が灯《とも》されていた。その灯火に、天幕の群がぼんやりと浮かび上がっている。

歩哨の影が天幕の間を縫うように歩いている。

陣の前面では閻毎に夜警の兵が焚《た》き火を囲んでいた。焚き火の数は六つ。ざっと六百人である。

焚き火は三つずつ、逆さ八の字に並んでいる。

酒盛りをしている様子はない。猝炫が厳しく禁じたのであろう。官軍の兵たちが北狄軍の将軍の命令を素直に受け入れているのは、昼の戦いで肝を冷やしたのが効いているのかもしれない。

左手が三山の攻撃に対する守りである。

おそらく史進たちはそちら側から夜襲を仕掛けるつもりであろうと推察された。

昼の戦闘を見て、戦というものは、地形や兵力差、敵兵たちのその時の心持ちを読み、臨機応変に展開していくものなのだと感じた。

古今の兵法家が記した書物はある程度読み込んでいた宋江であったが、盗賊たちの戦いはまるで予想がつかない。

さて、今度はどんな戦いを仕掛けるか――。

宋江は固唾を飲んで眼下の夜景を見つめている。

闇の中に蠢《うごめ》く影を見た気がした。

宋江は目を凝らす。

逆さ八の字の左右の陣に向かって、それぞれ横一列の隊が少しずつ迫っているように見える。人影はほんの微《かす》かな黒の陰影にしか過ぎないし、遠く離れているのではっきりとはしないが、確かになにかが動いている。

「動き出しましたね。敵陣まで二引（約六一メートル）」

孔明が言った。

「気づかれまいか？」

宋江が言う。

「史進どのの隊は黒塗りの団牌《だんぱい》（籐製の丸い楯《たて》）に身を隠すように進んでいる」

武松が言った。ずいぶん夜目が利くようであった。

「焚き火の光に慣れた官軍の目には見えまいよ」

なるほど、人影は左手を前に出し姿勢を低くしているように見えた。

左右合わせて二百ほど。もしかすると史進と史儺が閭長となっているのかもしれない。

そう思った時、十人ほどの兵が立ち上がった。

※　※

敵陣に迫る右の隊は史進。左の隊は史儷が閻長を務めていた。兵は全員が黒い籐甲、団牌を持ち、顔や手には煤《すす》を油で溶いたものを塗っている。史進、史儷も同様の格好であった。

史進、史儷は同時に鋭く手を振って配下に指示を出す。

それぞれの隊、五人の兵が立ち上がって投擲帯《とうてきたい》に拳大の紙袋を挟み、回した。紙袋も黒塗りである。

遠心力を利用して遠くへ放る。

紙袋はそれぞれが、夜警の兵たちの背後に並んだ、篝火に向かって飛ぶ。

放物線を描き、落下する。

二つ、三つが地面に落ちる。

ほかの紙袋は、三脚に支えられた七つの篝火に吸い込まれ、薪《たきぎ》に当たって裂けた。

次の瞬間、鈍い音を発して篝火の中で大きな火球が膨れあがった。

焚き火を囲んでいた兵たちは、背後から目映《まばゆ》い光に照らされ、驚いて振り返った。

史進、史儷の閻が一斉に動いた。

夜警の官軍兵たちに突進する。

数人の桃花山兵が革袋に詰めた水を焚き火に撒き散らす。

目の前の焚き火が突然消えて、目が闇に順応できない官軍兵たちは慌てた。叫びながら立ち上がって剣を抜き、矛を構える。

桃花山兵たちは、狼狽《うろた》える兵たちを次々に斬り倒して行く。

騒ぎに気づいた官軍兵たちが天幕から飛びだして来る。

一人一殺。二百人の官軍兵を倒した桃花山兵たちは、史進、史儷の「退け！」の命令で、一斉に退却した。

※　※

猝炫が天幕を出た時には、すでに戦闘は終了していた。増やされた篝火の中で二百体の死骸をかたづける兵たちの間を、猝炫は無表情に歩いた。

馬衍が渋い顔をして近づいて来た。

「こちらが反撃する前に逃げられました」

「夜襲を仕掛け、自軍に被害が出ないうちに引き上げる。こちらの神経を消耗させるにはいい手だ。明日の夜から兵たちはゆっくりと眠ることができなくなる」

「まるで他人事《ひとごと》のように――」

馬衍の顔がさらに渋くなった。

猝炫の爪先が、黒い紙袋に当たった。

立ち止まって拾い上げる。

触ってみると、中にはなにか細かい粉のようなものが詰められているとわかった。

猝炫は紙袋を破いた。中から黒い粉が出てきた。

「焔硝――。敵はこれを篝火の中に放り込んだのでございますな」

「いや」猝炫は指についた粉のにおいを嗅ぐ。

「焔硝ではない。ただの木炭の粉だ。硫黄も硝石も混ぜられていない」

「しかし、兵たちは篝火が突然爆発したと――」

「木炭の粉も、火の中に放れば爆発的に燃え上がる」

「なぜ焔硝を使わなかったのでございましょう」そう言った馬衍は、何か思いついて大きく肯いた。

「ああ。梁山泊が協力しないので、焔硝が手に入らないということでございますな」

「あるいは、そう見せる手かもしれぬ」

「そう見せる手?」

「昼の戦いでも、山東四山と梁山泊が手を組んでいないと思われる兵略があった」

「土煙で大軍が来たと装ったことでございますな」

「そして、今夜は木炭粉の紙袋だ。それも、正確に篝火を狙って投擲する腕を持っているのに、狙いをはずしてこれを地面に落としていた」

猝炫は紙袋を捨てた。

「いや――。それは、裏を読み過ぎなのではございませぬか?」

「今の戦いで二百人を失い、今の我らはたった五千百五十の軍だ。最悪の事態はなんだ?」

「それを超える数の軍に囲まれることでございますな」

「梁山泊にはぞくぞくと人が集まっていると聞く。清風山、二竜山、桃花山も、梁山泊ほどではないが、花栄や楊志などを慕って腕に覚えのある者どもが集まっているという。敵は毎日、その数を増やしているのだ」

「腕に覚えのある者が集まったとしても、調練をしなければただの烏合の衆でございます」

「その烏合の衆に、昼間は百五十。夜はあっという間に二百人を殺された」

「それは、少人数での奇襲だったからでございます。大軍での戦には調練が必要でございます」

「奇襲であろうがなんであろうが、負けには違いあるまい。官軍は二度戦い、二度負けた──。いや、夜襲は戦いではなかった。盗賊どもの一方的な虐殺であったか」猝炫は微笑む。

「それについては正規軍が不甲斐《ふがい》なかったからと言い訳するか？」

「いえ……」

馬衍は俯《うつむ》いた。

「我ら北狄軍は、常に最悪の事態を想定して戦ってきたではないか。我らは常に無勢。今回は正規軍を従えていることでいつもの緊張が弛《ゆる》んでいるのではないか？」

「いえ。そのようなことは……」

「いつもは見下されている我らが、今回は正規軍を見下している。そこに気持ちの弛みが生まれる」

「はい……」

「明日は巻き返すぞ。どんな手を使ってでも勝ってきた我らだ。たとえ北狄軍には損耗がなかったとしても、二度の敗北は恥辱だ」

「はい。部校尉にそのように伝えます」

「昼の戦では、正規軍を一陣とする。北狄軍は二陣、三陣に下がらせる」

「正規軍を前面に出すのでございますか？」

いつも最前線で戦ってきた北狄軍である。馬衍は不満そうだった。

「敵は必ず伏兵を置いて、側面からも攻撃を仕掛けて来る。我らが正面で盗賊共と戦っている間、正規軍は伏兵に側面から襲われる。そうなれば、北狄軍は前後を敵に挟まれる」

「なるほど。しかし、正規軍を最前線に立たせれば、怖《お》じ気《け》づいて逃げ出す者も多く出ましょう」

「昼間のような敵前逃亡は、今後一切許さぬと厳しく言い渡しておけばよい。もしそれでも逃げる者がいれば、正規軍の後ろには北狄軍。容赦なく射殺せ。それで真剣に戦うようになる」

「北狄軍は伏兵を撃滅し、正面の敵の背面に回り込む――。という兵略でございますな」

「敵が撤退したならば、深追いをせずに退く。敵の逃げる方向には伏兵と罠《わな》が待っている」

「しかし、それでは山東四山の攻略は長期戦になりますな……」

「落とす山は一つ二つでいい。そこまでやれば、正規軍が大挙して押し寄せて来るだろう」

「北狄軍に下地を作らせ、正規軍が美味《おい》しいところを持って行く。いつものことでございますな」

「そういうことだ」

「山東で北狄軍が戦っているという噂が聞こえれば、遼国や靺鞨《まっかつ》で、腕に覚えはあるが食い詰めている者どもが集まって来ましょう。これまでの戦で失った兵を補給することもできるやもしれませんな」

「そのためにはまず、明日の戦いに勝つことだ」

猝炫は馬衔の肩甲を叩いて天幕へ戻った。

第二章

一

平原に二千五百の黒い軍団が並んでいる。冑《かぶと》には山鳥の羽根飾り。そして北狄《ほくてき》軍の旗印。前列は弓隊。次に矛隊。そして騎馬隊である。その後ろに正規軍の歩兵、騎馬部隊が整列していた。

宋江《そうこう》は馬に乗り、白虎山《はくこざん》の麓の森の中からそれをじっと見つめている。心臓が胸を突き破りそうなほど早く強く打っている。顔が冷たい。胃が痛い。恐怖である。

初めての戦に、体が硬直して動かない。

武松《ぶしょう》の率いる、史進《ししん》から借りた桃花山《とうかざん》の二百人、白虎山の二百人が近くに身を潜めているが、気休めにはならなかった。

宋江の役目は、護衛の兵十名と共に白虎山の旗印を掲げて森を出て敵にその位置を知らせること。身に危険が迫ればすぐに森に飛び込んで山寨《さんさい》まで逃げることになっていた。

だが、怖い。

今まで戦に加わったことはない。宋江にとっての戦は、書物の中だけのことであった。

武芸は多少齧《かじ》っていたが、それも木剣や先に布を巻いた矛での試合がせいぜいで、鋼の刃で命のやり取りをしたことはない。

「大丈夫でございます」

と、宋江に声を掛けたのは背後で旗印を持つ桃花山の方閻長《ほうろちょう》（百人隊長）であった。盗賊にしては丁寧な言葉遣いである。以前は禁軍の兵であったと聞いていた。

「敵の矢頃（射程）は外れております」

「わたしは、震えているか？」

宋江は振り返って偉丈夫の騎馬武者を見た。

「武者震いでございましょう」

方は微笑《ほほえ》みながら答えた。

「そんな格好のいいものではない。怖くて怖くて仕方がないのだ」

「初陣は誰でもそうでございます」

「この年で初陣を飾るとは思わなかった……」

その言葉に、方閻長はくすっと笑った。

「それもこれも呉用《ごよう》どののせい――、でございますか」

宋江の呉用嫌いは広く知れ渡っているようだった。

「まぁ、そういうことだ」

「大義のためでございますれば」方閻長は左右の森の奥を見る。

「準備は整ったようでございますな。では、参りましょうか」

「うむ」

促されて、宋江は馬を進めた。

鼓動はさらに速まる。

宋江の馬が森を出ると、二里（約一・一キロ）ほど先の北狄軍が一斉にこちらを見たのが感じられた。

極度の緊張に、頭がくらくらした。景色が異様に揺らいで感じられた。

護衛の騎馬兵十人が宋江の周りを囲む。

方閻長が旗印を高々と掲げた。

背後の森の下生えががさがさと揺れる。数百の兵が森の奥に待機しているかのように見えるだろう。だが、そこに軍の姿はない。数人の兵たちが下生えに身を潜め、笹に細い紐《ひも》を繋《つな》いで揺らしているのだった。

黒い弓隊が前進する。白虎山の本隊が森を出る前に矢頃まで接近するつもりなのだ。

その時、宋江の左右一里（約五五三メートル）ほど離れた森の中から二つの騎馬隊が飛びだした。それぞれ二百騎。訓練を受けた百姓百騎と、桃花山の兵が百騎である。先頭を切って走っているのは武松の馬であった。

弓隊はその出現に慌てて、隊列を乱した。

左右から迫る騎馬隊に弓を向け、弦を引き絞る。

しかし、白虎山騎馬隊は凄《すさ》まじい速さで弓隊に突っ込み、兵たちを蹴散らし、朴刀《ぼくとう》で薙《な》ぎ倒す。

弓隊との距離を詰めようと殺到する矛隊に、白虎山騎馬隊は短弓で騎射する。

「おかしい……」

戦いを見ていた宋江は呟《つぶや》く。

北狄軍の動きがいつもより鈍いのである。

矛隊に矢が降り注いだ時になってやっと騎馬隊が動き出した。

その背後に並ぶ正規軍は正面の戦いではなく、左右や背後に注意を向けている様子だった。

「隊を戻せ！　史進たちを出させるな！」

宋江は叫んだ。

即座に、森の中にいた兵が鼓角を鳴らした。

白虎山軍の左右の翼四百騎は、一団となって森に走る。

※　　※

その時にはすでに史進たちの騎馬隊二閭、二百騎は小さな丘の向こう側から正規軍の側面に迫っていた。

史進は鼓角を聞いて丘の頂上で馬を反転させる。

正規軍の騎馬軍千騎が凄まじい速さで駆け寄せて来るのが見えた。手綱さばきが昨日の正規軍とは明らかに異なった。

「くそっ！　甲冑《かっちゅう》を取り替えてやがったか！　北狄軍が来るぞ！」

史進は叫んで丘を駆け戻る。桃花山騎馬隊もそれに続いた。

※　※　※

正規軍の甲冑をつけた北狄軍は二つに分かれて白虎山騎馬隊と桃花山騎馬隊を追う。千騎ずつの軍勢である。

「宋江どの。山寨へお戻りください！」

方閻長は配下に旗を預けると、逃げてくる白虎山騎馬隊の方へ馬を走らせた。

宋江は護衛に守られながら山寨への道を駆け上る。激しく揺れる鞍《くら》の上で、宋江は後ろを振り返った。

北狄軍の馬は異様に速く、白虎山騎馬隊のすぐ後ろに迫っている。

「鬊穴《しんけつ》を使ったか……」

宋江の顔は青ざめた。

昨日の戦いで討ち取られたこちら側の兵の馬を調べれば、太股《ふともも》に縫い針が刺さっていたことに気づいただろう。それが鬊穴という経穴を刺激するものだと知れば、敵もまたそれを使うことは充分に考えられた。

※　※　※

北狄軍騎馬軍は白虎山騎馬隊に矢を射かける。白虎山の兵は背中に矢を受けて、次々に落馬して行く。

「ちくしょう！」武松は朴刀を振り回しながら毒づく。

「騎馬戦は不得意だぜ」

武松は以前、陽穀県の歩兵都頭（盗賊を捕縛する役人）であった。

馬で朴刀を振るい戦うよりも、今も腰に差す二本の戒刀《かいとう》（僧侶の護身用の刀）を用いた白兵戦の方が得手であった。

方閻長が姿勢を低くして手綱をさばき、矢をかいくぐって北狄軍騎馬隊に突っ込んだ。その後ろから、十騎の白虎山騎馬兵が続く。方閻長の配下たちであった。

「助かったぜ！」

武松は方閻長に言う。

「なんの」

方閻長は微笑んだ。

北狄兵は弓を捨て、剣を抜こうとする。

その隙を突いて、方閻長と十騎の騎馬武者は、朴刀を振り回し、十一人の北狄兵を斬り倒した。武松は敵の背後に回り、方閻長たちの攻撃で態勢を崩した敵騎馬武者を斬り倒して行く。

しかし、相手は千騎。焼け石に水である。

北狄騎馬軍は逃げる白虎山騎馬隊を左右から取り囲むように包み込んで行く。

桃花山の兵たちは、百姓兵を守るために北狄軍に斬りかかる。そして、十騎、二十騎と、一団から脱落して行く。

辛うじて森に逃げ込んだのは、百姓兵百騎ほどであった。

方閻長と武松、十人の兵は、さらに数人の北狄兵を倒すと、森の側で死闘を繰り広げる仲間の元へ駆けつける。

百騎ほどに減った白虎山軍の兵は、すべて桃花山の盗賊たちである。百戦錬磨の北狄軍と互角に斬り合いをするが、多勢に無勢であった。

北狄軍は、敵一人に三人ほどの兵を残せばいいと読んだのか、七百ほどの騎馬兵が森の中に駆け込んだ。北狄軍の甲冑をつけた正規軍たちも、その後に続く。

森の中でその様子を見ていた白虎山の物見が、鼓角を鳴らして敵が山に入ったことを山寨に知らせる。

※　　※

史進は馬を走らせながら白虎山への敵の侵攻を知らせる鼓角を聞いた。

舌打ちして後ろを振り返る。桃花山騎馬兵の背後に、追撃する北狄騎馬軍の姿は無かった。白虎山の殲滅《せんめつ》に引き返したのだ。

「白虎山の北麓へ！」

史進は馬の方向を変えた。

二百騎の桃花山兵もそれに続いた。

方閭長は北狄兵と斬り結びながら、白虎山への坂を駆け上って行く七百騎の官軍騎馬兵をちらりと見る。

あの道には色々と仕掛けがあるが、背後から挟み撃ちにした方が効果的だ。

なんとか、三十騎ほどの兵を伴って後を追いたいが――。

配下たちは三騎の敵を相手に必死に戦っている。隙を見て離脱出来そうな者は少なかった。

※　※

加えて、西の丘の向こうに史進たちを追っていた千騎が姿を現した。

方閭長は二人の敵騎馬兵を朴刀で薙《な》ぎ斬り、森の中に潜む鼓角担当の兵に向かって、あらかじめ決めていた身振りで指示を出した。

『方閭長の後に続け』

森の中から鼓角が響く。

方閭長は残り一人の敵に向かって突進する。

敵騎馬兵は振り回される朴刀を避けて横に回り込む。

その隙を突いて方閭長は馬の向きを変えて白虎山の山寨への坂へ走った。武松も後に続いた。

方閭長と戦っていた一騎と、配下の一人を倒した三騎がそれを追う。

方閭長は朴刀を手綱で鞍にくくりつけ、両手離しで騎射用の短弓を取った。矢を四本指に挟み、その一本を弓に挟んで後ろを振り向く。

自分を追って来る敵に、素早く四矢を放った。

二本の矢が敵騎馬兵の眉間を貫き、二本は外れた。

その時、東と北の方角から鼓角の音が響いた。

その音律から清風山と二竜山の軍であることが分かった。

今日の昼の戦は、白虎山と桃花山が受け持つことになっていたので、二つの軍は討伐軍に気づかれぬほど遠くに置いた陣で待機していたのであった。

北狄軍が動いた。白虎山軍と戦っていた兵のうち半数、およそ百五十が東へ走る。

西から戻ってきた千騎の北狄軍は北へ向かう。

敵の数が減って、白虎山兵は一人、二人の北狄兵を相手に戦っていたが、二十騎が敵を斬って方閻長を追う。残りの兵は二人、三人と倒されて行く。

方閻長と武松は坂を駆け上がる。

二十騎が続く。

坂道には、仕掛けられた弓矢に射殺されたり、落とし穴に落ちて逆杭《さかぐい》に貫かれて呻《うめ》く北狄兵の姿があった。大木から吊《つる》された丸太が血にまみれ、それに潰された兵の無惨な遺骸も転がっていた。

前方の一の関門の辺りから雄叫《おたけ》びと剣戟《けんげき》の響きが聞こえる。

関門では、途中の森から持ってきたのだろう、数人で仕掛けの丸太を抱えて扉に打ちつけ関門を破ろうとしていた。その後では、二百ほどの騎馬兵が、楼門へ向けて矢を放って援護している。楼の百姓兵たちは、楯の裏側に潜んで時折反撃の矢を放つが、北狄兵の勢いには勝てない。

残りの五百は左右に展開して進入路を確保しようとしていた。

木々の間から、土塁を駆け上る北狄騎馬兵の姿が見えた。投石に打たれて斜面を転げ落ちる兵馬。土塁を登りきり、内側へ斬り込む北狄兵——。

方閻長と武松、二十人の騎馬兵は朴刀を振りかざしてその背後に迫った。

※　　※

木が裂ける音が響き、門前の北狄兵たちが動きだした。

関門の内側にいた百姓兵たちは二の関門へ向かって逃げる。

北狄兵は次々に馬を下りて柵や立木に手綱を繋いだ。そして、言葉を交わすことなく、それぞれが必要と思われる行動に移る。

楼門に駆け上がり、弓隊の百姓兵たちを無造作に斬り殺し、下へ投げ落とす兵。

弓を構えて逃げる百姓たちに放つ兵。

背中に矢を受けた百姓兵たちがばたばたと倒れると、剣や方天戟《ほうてんげき》を振りかざし、矢を逃れた百姓を追う兵。

百姓兵は集団になって逃げていくので、道に仕掛けられた罠《わな》の位置が明確に分かった。

北狄兵たちは、背後から五人、十人と百姓兵を斬り倒しながら、彼らが走った跡を正確に辿《たど》った。

五十人が関門の守備に残った。

※　※

森の中に飛び込む百姓兵もいた。北狄兵たちはそれも追った。

百姓兵たちが跳び上がるような動きを見せた場所には、必ず仕掛けの縄が張られていた。

二の関門の土塁から矢が射かけられる。

調練で腕を上げていた百姓兵たちは、仲間を誤射することなく、正確に北狄兵の顔面に矢を当てた。

目や頬を射抜かれただけで致命傷にならなかった北狄兵たちは、無造作に矢を抜き、折り、百姓兵たちを追撃して、二の関門の土塁にとりついた。

※　※

方閻長と武松、二十人の兵たちは、関門の守備に回った北狄兵たちと朴刀で戦った。

方閻長たちは敵と刃を交えながら、じりじりと回り込み、上り坂を背にした。

五人の配下が一気に間合いを詰めて北狄兵に突っ込む。

北狄兵は数歩退く。

方閻長と十五人の兵は、さっと向きを変えて坂道を駆け上った。

※　※

一の関門が危ないという知らせが節堂にもたらされた時、宋江はさっさと白虎山を捨てる覚悟を決めた。

孔明《こうめい》、孔亮《こうりょう》は不満げな顔をしたが、孔太公《こうたいこう》が「首領には従うものだ」と言ったので異議はとなえなかった。

「官軍が白虎山に入った方が、これからの兵略に都合がいいと評定《ひょうじょう》でも話し合うたことは伝えたはずだ」

「しかし……。せっかく作った山寨でございますぞ」

孔明が悔しそうに言う。

「白虎山は逃げぬ。山寨は取り返せばよい。まずは、できるだけ多くが生き残ることを考えねばならぬ。万が一の時には躊躇《ためら》わずに脱出せよと、呉用どのは仰せられた」

孔太公の言葉に宋江は一瞬顔をしかめる。

呉用の策に従うことが腹立たしかったのであるが、すぐそこまで敵が迫っている今、背に腹は代えられなかった。

山寨の百姓兵たちに荷物をまとめるよう指示を出し、宋江たちは節堂の兵法書や絵図などを行李《こうり》に詰め込んだ。

食糧や武器などの荷車を曳《ひ》いて、百姓兵たちは北麓の裏道を下った。

宋江たちが荷車に行李を載せている時、伝令が走って来た。

「二の関門が破られそうでございます！　お急ぎ下さい！」

「なに！」

宋江は顔を強張《こわば》らせた。

思った以上に、北狄軍の進みが速い。

こちらの防御が甘かったのか——。

関門を守るのは即製の百姓兵である。関門、土塁を堅固にしても守る兵力が脆弱《ぜいじゃく》であれば、すぐに破られてしまう。

宋江はちらりと孔太公を見る。いつもは、なにものにも動じない泰然としたその顔に苦渋の表情が滲《にじ》んでいる。

孔明、孔亮は唇を噛《か》んでいる。義憤にかられて白虎山に山寨を築き、朝廷に反旗を翻そうとしたことを後悔しているのだと宋江は思った。

宋江もまた、彼らの行動を諫《いさ》めることが出来ず、孔明、孔亮の後見を引き受けてしまったことを悔いていた。

この段階で官軍が白虎山の山寨に攻め込んで来るというのは、呉用の兵略の失敗でもある。あんな男の言うことを聞いていなければ——。

宋江は首を振る。

失敗を他人のせいにしているようでは、判断を誤る。今は悔恨の思いに心を乱されている暇はない。

せめて、北麓を下っている百姓兵の命だけでも救わなければならない。

彼らは使い捨ての兵ではない。

国の礎となる百姓なのだ。

「三の関門、四の関門の兵を五の関門まで下げろ」宋江は荷車を離れながら言った。

「山寨の油壺《あぶらつぼ》を五の関門に運べ」

「はい！」

伝令は坂を駆け下りる。

宋江も坂に足を踏み出して振り返った。そして、後に続いていた孔太公と孔明、孔亮に言う。

「三人はその荷車を曳いて北麓を下ってください」

「北麓の荷駄隊が脱出する時を稼ぐのでございましょう」孔太公が言う。

「ならば、節堂の荷は息子たちに任せてわたしも参りましょう」

「なにを仰せられます！」孔明が言った。

「孔家村の者たちを大勢死なせたのはわたしの責任でございます。わたしが白虎山に山寨を作ろうなどと言い出さなければ――」

「わたしにも責任がございます」と孔亮。

「我らが五の関門を死守して時を稼ぎます」

「責任を感じているならば、始めたことは最後まで貫き通せ」宋江は言った。

「村人たちはお前の心意気に感じて行動を共にしたのだ。お前たちが後悔しては、死んでいった者たちはまさに犬死にだ。死者たちに、その死の意味を与えてやるのもお前たちの大きな責任だ。白虎山は官軍に占領される。おまえたちは生き延びて捲土重来《けんどちょうらい》を狙え」

宋江の言葉に孔明、孔亮は顔を見合わせる。

「ぐずぐずしている暇はない。早く行け」

宋江は追い払うように手を振った。

兄弟は小さく肯《うなず》いた。だが、納得しているようには見えない。なにか言えばまた大切な時を無駄にしてしまう――。そう思っているようだった。

「孔太公もご子息たちと共に山をお下りください。失礼ながら、ご老体は足手まとい。わたしは五の関門の者どもと一緒に、無事に逃げおおせて見せますゆえ、ご安心ください」

孔太公もまた、息子たちと同様の表情をして肯くと、すでに孔明、孔亮が曳いて動き出した荷車の後ろへ走った。

宋江は微笑してそれを見送り、五の関門へ駆け下った。

二

三の関門の内側には、白虎山から刈り集めた野茨《のいばら》の茎を絡み合わせて作った大きな塊が広場を埋め尽くすように設置してあった。土塁の内側には野茨が植えられて、藪《やぶ》を作り出していた。

それらが、烈火のごとき北狄軍の前進を阻んでいる。

棘《とげ》は小さく、肌に触れても掠《かす》り傷程度しか負わないのだが、衣類の繊維に刺さって引っ掛かり、はずそうともがくと長い茎に絡め取られてしまう。北狄兵は、駆けつけた正規軍の兵と共に、朴刀や方天戟《ほうてんげき》を振るって野茨の塊を刈り払うのだが、弾力のある茎は断ち切るそばから絡み合って、なかなか道を作り出すことができなかった。

※　　※

宋江は五の関門に駆けつけると、楼門に駆け上がった。

眼下の広場には、一の関門と二の関門の生き残りや、三の関門、四の関門から逃げてきた百姓兵と、五の関門の守備にあたっている兵たちが集まって、宋江を見上げている。数はおよそ三百人。怪我人《けがにん》が十数人、筵《むしろ》の上に横たえられている。いずれも目に脅えの色をたたえていた。

その中に、たった今駆けつけたらしく息を切らせた武松と方閻長、十五人の桃花山兵の姿があった。二百人いたはずの桃花山兵が十五人になってしまったか――。

宋江は暗澹《あんたん》たる思いを振り払い、広場の人々に声をかけた。

「一の関門と二の関門の者たちは手を上げろ」

怪我人も合わせて五十人ほどが手を上げた。宋江はその者たちと視線を合わせながら何度も肯いた。

「御苦労だった。辛《つら》かったであろう。恐ろしかったであろう。痛かったであろう。よく生き延びた。お前たちは充分に戦った。だから、先に逃げろ」

広場から否を唱える声が上がった。

死んでいった仲間に申し訳ないと言う。

「今は死んでいった仲間にもらった命を抱いて山を降りろ。それを賭《か》けるのは、まだ先だ。お前たちは、北麓を逃げた荷駄隊を助けながら逃げるのだ」

「どうすればよいので？」

と、問う声があった。

「一の関門の者たちは北麓の道の入り口を隠し、荷駄隊の痕跡を消しながら山を降りろ。二の関門の者たちは、西麓、東麓の道を空の荷車を曳いて走るのだ」

「西麓、東麓の道を逃げたと思わせるのでございますね？」

「そうだ」

宋江は答えて、今度は三の関門、四の関門、そして五の関門の百姓兵たちを見回す。

「お前たちにはすまないが、もう少し怖い思いをしてくれ。命は捨てさせぬと約束する」

宋江の言葉に二百五十人が肯く。

「山寨の者たちが油壺を持って参りました。あれを使うのでございますね？」

五の関門の一人が言った。

「そうだ。北狄兵に一泡吹かせたら、すぐに散り散りになって山の中を逃げる。もう少しわたしと一緒に辛抱してくれ」

百姓兵たちは、「応っ！」と力強く返事をして、それぞれ指示された兵略に走った。

楼を降りる宋江に武松と方閻長、十五人の桃花山兵が駆け寄った。

「不甲斐《ふがい》ない戦いぶりで申し訳ございませぬ」

方閻長は悔しそうな表情で深く頭を下げた。

「騎馬戦も学ばなければならぬと痛感したぜ」

武松が言う。

「北狄軍が思ったより強かったのだ。貴殿らはよくやってくれた」

宋江は方閻長と武松の肩甲に手を置いた。

「おれたちはなにをすればいい？」

武松が訊《き》いた。

「わたしと共に、最後まで楼門に残ってもらえようか？」

「我らが残るのはようございますが、宋江どのは百姓兵と共にお逃げくださいませ」

方閻長が言う。

「そんなことをすれば、死んでいった百姓達たちに面目が立たぬ。死の恐怖に怯《おび》える百姓たちにも申し訳がたたぬ」

宋江は悔しい思いを顔に滲ませる。

「なるほど」

と方閻長は微笑んだ。

「なにが、なるほどだ？」

宋江は馬鹿にされたように感じて、方閻長を睨《にら》んだ。

「失礼ながら、小柄でいかにも頼りない宋江どのを、なぜ梁山泊の首領にと皆が言うのかはなはだ疑問でございました」

方閻長の言葉を聞いて、宋江は鼻っ柱に皺《しわ》を寄せた。

「わたしとて疑問だ」

「たかが百姓の死に胸を痛める――」

「たかがとはなんだ！　百姓は国の礎だ！」

「まぁ、お聞きなさいませ」

「聞いている暇などない。敵はもうすぐそこに来ているのだ」

宋江は、楼門に油壺を運ぶ者や、小型の投石機を土塁の側に引き出す者などを指さしながら言った。投石機は十基、広場に並んだ。

「ならば、我らも準備をしながら話を続けましょうか」

方閻長は油壺を運んできた百姓からそれを奪うように取りあげ、楼門へ登る。武松はそれに倣った。

宋江も次に来た百姓から油壺を受け取った。

「百姓の死に胸を痛める――」方閻長は階段を登りながら言う。

「兵卒にも労《ねぎら》いの言葉を忘れない。そして、時に童のようにムキになる。そういう所が人に好かれるのでございましょうな。剛《ごう》の英雄、豪傑の対極にある、いわば柔《じゅう》」

「だから鄆城県《うんじょうけん》の押司《おうし》（上級書記）などしていたのだ。わたしは小物だ」

宋江は楼の床に油壺を置く。

「そのような人物は、人の話によく耳を傾けます」

方閻長は階段を下りる。

「ふん」宋江は鼻で笑いながら方閻長に続く。

「たいてい右から入れて左から流す」

「己の話を聞いてもらえていると相手が思うことが大切なのでございますよ。人は、自分の話を傾聴してくれる者を信頼するのでございます。だから宋江どのは、人格者として名が広まった」

「迷惑な話だ。それで盗賊どもに目をつけられた」

「呉用どのは、梁山泊に集まる英雄、豪傑の剛を、宋江どのの柔で束ねるつもりなのでございますな」

「馬鹿な」

宋江は楼の下で立ち止まり、方閻長に一気にまくし立てた。

「山寨一つ守れぬ男に首領などできるか。わたしが今までつき合って来たのは、百姓や役人ばかりだ。町の乱暴者にも友だちや知り合いはいたが、人殺しを屁《へ》とも思わぬ盗賊どもとつき合うのは初めてだ。白虎山の孔明、孔亮は悪戯《いたずら》が過ぎる金持ちのどら息子にしかすぎぬ。林冲《りんちゅう》は話が通じようが、獣のような史進や史儷《しれい》、魯智深《ろちしん》などのような連中を束ねられるものか。わたしはここを脱出できたならば、滄州《そうしゅう》の柴進《さいしん》どのの元に逃げて、一生書物を紐解いて暮らすことにする。絶対に、梁山泊などには行かぬ！」

「ふん」武松は肩をすくめる。

「あんたとはそう長い間一緒に過ごしたわけじゃないが、いい漢《おとこ》だと思うぜ」

武松の言葉に、宋江が何か言い返そうとした時、五の関門の下から大勢の足音が響いた。

宋江は楼に駆け上がる。方閻長も続く。

楼の上には五人ほどの百姓兵がいて、震えながらぐるりと周囲に巡らした垣楯《かいだて》の隙間から外を覗《のぞ》いている。

宋江と武松、方閻長は楯の上から坂を見下ろした。

千人余りの兵が押し寄せて来る。官軍の甲冑を着ているが北狄兵である。黒い北狄軍の甲冑を着た正規軍も混じっていた。

宋江は敵軍が投石機の射程に入るまで待って、合図を出した。

小型投石機から紙で蓋をした油壺が次々に射出された。

空に弧を描いた油壺は、先頭を切って突進して来る北狄兵の周囲に落下した。

北狄兵たちは飛来する油壺を巧みに避けながら走る。

油壺は地面で砕け、油を撒《ま》き散らした。

後続の北狄兵は地面の油を飛び越えながら走る。

広場の十五人の桃花山兵が火矢を放った。

油壺と火矢が空を飛ぶ。

北狄兵たちは、炎の尾を曳く火矢を見て、まだ油が広がっていない地面を走る。

火矢が地面に突き立ち、炎が壁となって道を塞いだ。木々の中に落ちた壺の油にも炎は燃え広がる。

遅れた北狄兵、正規軍の兵たちは、炎の前で足を止めた。

百人ほどの北狄兵が炎の壁を背にして五の関門に迫る。

数人が丸太を抱えていた。

百姓兵五人が油壺を持って立ち上がる。必死の形相で壺を北狄兵に投げつけた。

突然の事で北狄兵の回避行動が遅れた。

油壺は北狄兵の甲冑や、足元の地面に当たって砕ける。北狄兵二十人ほどが油まみれになった。

方閻長が楼の隅の篝火《かがりび》を火矢に移し、油に濡《ぬ》れた北狄兵に向かって射た。宋江と武松も弓矢を取った。

先頭を走っていた北狄兵の甲《よろい》の胸に、火矢が突き立った。その体が一気に燃え上がる。

側を走っていた北狄兵に引火する。

六人の北狄兵が炎に包まれたが、兵たちは燃えながらも楼門に向かって走る。

方閻長、宋江、武松は火矢を放ち続ける。

「お前たちは行け」

方閻長は百姓兵を振り返って言った。百姓兵たちは楼門の階段を駆け下りて逃げた。

火矢は次々に北狄兵を炎に包む。

あっという間に二十人の北狄兵が動く松明《たいまつ》と化した。しかし、炎と黒煙を上げながら、北狄兵たちは楼門に押し寄せ、手に持った丸太で扉を打ち破ろうとする。髪や肉の焼けるにおいと共に、楼の下から立ち上ってくる苦しさを紛らせる雄叫びが、空気を震わせる。

宋江は顔をしかめる。

「我らも脱出いたしましょう」

方閻長は宋江を促す。

「それがいいや」

武松は宋江の背を押す。

三人が階段を駆け下りている時、扉を打つ丸太の音と雄叫びが途切れた。

「気の毒に……」宋江は西麓の道へ走りながら呟く。

「なんとか功を挙げて己の存在価値を宋国に知らしめようとしていたろうに、関門の扉を破ることもできずに死んでいくとはな」

「それは北狄兵に限りませぬ。たとえ正規軍であっても雑兵はみな同じでございます」

方閻長は答えた。

宋江たちは十五人の桃花山兵と共に森の中に駆け込んだ。

※　　　※

五の関門は二重の炎の壁に遮られた。

北狄兵は一重目の炎を方天戟で地面を削ることで消火し、道を作った。

横並びで駆けた者たちの爪先が小さい杭を蹴り飛ばした。

地面に隠されていた紐が弛み、森の中に仕掛けられていた弓の留め金が外れた。

数百本の矢が左右から北狄兵を襲う。

外側にいた兵たちは、幾本もの矢に射られて倒れた。

生き延びた北狄兵は関門に殺到した。そして、関門の前に折り重なる、黒焦げになった二十体の仲間の遺骸を無造作に脇に除《よ》けると、丸太を拾って扉に打ちつける。

土塁に駆け上る北狄兵、正規軍兵もいた。

土塁の頂上にたどり着いた途端、足元がぐらりと揺れた。

轟音《ごうおん》を上げて土塁が崩れた。落とし穴の上に不安定に積み上げた石が崩れ、擬装した土と共に崩れ落ちたのであった。

土塁を登る兵たちは、土砂と大石と共に深い穴に落ち、生き埋めとなった。

関門を打ち破ろうとしている兵たちは、木の折れるような音を聞いた。

楼門の漆喰《しっくい》の中に隠された仕掛けの柱が、扉に打ちつけられる丸太の衝撃で折れた音であった。

漆喰に亀裂が走ったかと思うと、激しい音を立てて楼門が崩れた。

門の側にいた兵たちは、瓦礫《がれき》に体を打たれ、埋もれた。

北狄兵、正規軍兵は、瓦礫や土砂の下から聞こえる仲間の呻き声を無視してその上を乗り越え、五の関門の内側になだれ込んだ。

そこから頂上にかけての一帯には大小の建物が建っている。しかし、人影はない。伏兵に用心しながら、兵たちは頂上の節堂を目指して走る。

正規軍の閭長たちは、配下に建物を調べるように指示を出した。隠れている敵を捕らえ、兵糧や武器を収奪せよと部曲将（千人隊長）から命じられていたからである。

あちこちに散った正規軍兵たちは、それぞれ扉を開いた。

扉と敷居に仕掛けられた火打ち石と鉄板が擦れ合い、火花を散らした。

床に撒かれた油が一気に燃え上がった。

天井から吊された薄い紙袋が炎に焙《あぶ》られて破け、黒い木炭の粉を撒き散らした。

炎に触れた木炭の粉は爆発的に燃焼した。

同時に数十の建物が燃え上がり、探索に当たっていた兵たちは火だるまとなった。

軍を指揮していた猝炫《そつげん》の部下、烏《う》部曲将が閭長たちに目配せする。

十人ほどの閭長が、仕掛けに怯えて動きがとれなくなっている正規軍の元に駆け寄って、訛《なま》りの強い言葉で命令した。

「燃えている建物を壊して消火しろ」

「しかし……。まだなにか仕掛けがあるかもしれん」

正規軍の閭長が答える。

一人の北狄軍閭長が無造作に方天戟を振るってその正規軍閭長を斬り殺した。

正規軍の兵たちはたじろいで二、三歩下がった。

「命令に従わなければこうなる。次は誰だ？」

感情の籠もらない訛った言葉には凄《すご》みがあった。正規軍の兵たちは、燃える建物に駆け寄り、消火にあたった。

節堂に踏み込んだ北狄兵たちは、人気のない室内を見回し舌打ちをして外に出た。

山寨が蛻《もぬけ》の殻であることは明白であった。

北狄兵の一人が手持ちの狼煙《のろし》に火をつけた。竹筒に焔硝《えんしよう》を詰めて籐《とう》で巻いた、現代の手持ち花火のようなものである。

小さい火球が真っ直ぐ空に飛び、破裂して火花を散らした。

白虎山を陥落させたという合図であった。

山寨に蓄えてあった兵糧や武器を運び出した者たちはまだ遠くまで逃げてはいまい――。

北狄兵たちはすぐに山寨の周囲を探索し、西と東に荷車の車輪の跡が残る道を見つけて追跡を開始した。

三

白虎山の山頂付近から黒い煙が立ち上った。戦いの音が時折風に乗って討伐軍の本陣に届いた。

猝炫はじっとその景色を眺めていた。二竜山、清風山の軍を退けた北狄軍が前に整列している。正規軍兵も荷車の側に立っていた。本陣の天幕はすべて撤収され、荷車の上にあった。

黒煙の中から一筋の光が空へ伸びた。

火花が炸裂《さくれつ》する。

猝炫は馬衍、大《だい》、聿《いつ》の三人の部曲将に移動の命令を出した。

狼煙は敵を一掃した知らせであり、本陣を白虎山へ移動する合図でもあった。

※　※

史進と桃花山兵二百騎は、白虎山の北麓を駆け上っていた。

山の中腹辺り、九十九《つづら》折りの道を荷駄隊が下りてくるのが見えた。

万が一、官軍に山寨が占領されそうになった場合、北麓の道を通り清風山へ向かうことになっていた。

「宋江は見えるか？」

史進は側を走る兵に聞いた。遠目の利く若い兵が眉の辺りに掌《てのひら》をかざして眺めやり、

「見あたりません」

と報告した。

「敵を攪乱《かくらん》する側に回ったか……」

史進は唇を噛む。

宋江は荷駄隊と逃げる手筈《てはず》になっていたはずなのだが――。

呉用はその動きを読んでいて、官軍が白虎山に攻め込んだ場合、すぐさま山中を探して宋江に合流するよう、史進に命じていたのだった。

「他人《ひと》の言うことを聞かぬ面倒な男だ」

史進が言うと「それは史進さまも同様で」と兵たちが笑った。

「山中の脱出路を全部知っている者は？」

史進が訊くと楊《よう》という閻長が手を上げた。

山東四山が手を組むと決まった後、それぞれの山に仕掛けられた罠や脱出路などの情報交換を行っていた。援軍を出す場合もそれぞれの山の地の利を得ていなければ満足な動きができないからである。

「ならば、楊閻長と五十人で宋江を探し、保護する。残りの者は荷駄隊を護衛して清風山へ向かえ」

楊閻長は配下から五十人を選び、残り五十人を郭《かく》閻長に預けた。郭閻長は百五十騎を引きつれて、北麓の坂を登った。

史進と楊閻長、五十人の兵は馬を下り、その尻を叩《たた》いて山中に散らした。馬は、必要な時には石笛を吹けば戻ってくるように調教されていた。

史進たちは楊閻長を先頭に、森の中に分け入った。

※　※

桃花山の節堂に、伝令が駆け込んだ。青ざめた顔で、卓につく史儷、一の首領の李忠《りちゅう》、
呉用、二の頭領の周通《しゅうとう》を見回す。

「官軍が白虎山に攻め込みました」

「なに！」

史儷、李忠が立ち上がった。

伝令は戦況の子細を語る。

「お前の兵略、外れたではないか」史儷は呉用を睨んで唸《うな》るように言った。

「官軍が白虎山に攻め込むのはもっと先のはずだ」

「まぁ、そういうこともある。戦とはそういうものだ」

呉用は落ち着いた口調で言う。

「すぐに援軍を出そう」李忠が言う。

「白虎山はまだ充分な備えができていない」

「梁山泊《りょうざんぱく》からも兵を出させろ」

史儷が言う。

「梁山泊は駄目だ」

呉用は首を振った。

「山東四山と梁山泊が結んでいないと見せかけたいなどと言っている場合ではなかろう」

周通が長い黒髯《こくぜん》をいじりながら言う。

「まずは、宋江どのを救い出さなければなるまい」

と李忠。

「それは史進あたりがうまくやるだろう。楊志《ようし》、花栄《かえい》も近くにいる」

「梁山泊には現在、五万の兵が集まっている」史儮は言う。

「一万でいいから出させろ。兵に四山の旗印を持たせれば梁山泊軍だとは気づかれない」

史儮の言葉に、呉用は溜息《ためいき》をつく。

「実は、梁山泊は別の仕事で動いている」

「別の仕事？」

史儮たちは眉をひそめた。

「官軍が山東四山攻略に手こずっている隙に、山東の小さい盗賊団と話をつけ、登州《としゅう》、莱《らい》州《しゅう》、青州、沂州《ぎしゅう》などなど、京東東路の州衙《しゅうが》の役人共を籠絡しているのだ。それぞれの場所にそれなりの軍勢を出し、脅しをかけている。梁山泊には五千の兵も残っていない」

「山東四山を囮《おとり》に使ったというのか！」史儮は呉用に歩み寄り、むんずと衿《えり》を摑《つか》んだ。

「なぜ我らに知らせなかった！」

「秘密というものは、知っている者の数が多くなれば漏洩《ろうえい》の危険が増す！　万が一に備えたのだ！」

呉用は史儮の指を引き剝がそうともがいたが、衿を摑むそれはまるで万力のようで、彼の力ではどうしようもなかった。

「お前は我らを双六《すごろく》の駒としか見ていないか」

「百八人の豪傑は、幾らでも代わりが利く！」

呉用はもがき続ける。

「呉用――」

溜息と共に言ったのは周通である。呆《あき》れたような目つきで呉用を見る。

「史儷を相手に悪ぶっても始まらぬぞ。『兵略であったから語れなかった。すまぬ』と一言謝ればすむことだ。史儷もその辺りのことは理解していよう。お前が謝ればその手を放してくれる」

周通が言った時、別の伝令が駆け込んできた。

「白虎山、陥落！　官軍が陣を白虎山に移すために移動を始めました！」

「くそっ！」史儷は呉用を突き放す。

「次の兵略に入らなければならないな。お前もそれに否やは言うまい？」

「言わぬ……」

呉用は不愉快そうに衿を直しながら言った。

「まずは、官軍が本陣を白虎山に移した後、どのような陣形をとるのか見極めてからだな」

周通が言った。

「宋江はどうした？」

李忠が伝令に訊く。

「武松どのと方閻長、十五人の兵に守られて山寨を脱出したとのことでございます。史進さまと楊閻長、五十人の兵が合流すべく北麓から山中に入ったとのこと。荷駄隊は清風山へ向かう途上でございます」

「ほれ、わたしの読み通りだ。うまく動いているではないか」

呉用は鼻で笑う。

李忠は節堂の入り口を守る兵に言う。

「各閻長に密偵を出して白虎山の動きを探れと伝えよ」

兵は一礼して節堂を離れた。

「わたしは一足先に白虎山へ向かう」

史儷は言った。

出来るだけ感情を押し殺したつもりであったが、李忠、周通が微妙に表情を変えた。兄を心配する気持ちが口調に滲み出してしまったようであった。

官軍の本隊が白虎山に入ったということは、耶律《やりつ》猝炫が史進のすぐそばにいるということだ。史進が猝炫の姿を見かければ、後先考えずに戦いを仕掛ける可能性がある。鄆城県城の戦いの決着をつけるためである。

あの時、史進が猝炫の左目を断ち斬ったのは僥倖《ぎょうこう》にすぎない。

史進の腕を信じていないわけではなかった。しかし、上には上がいる。兄者が自分の腕を正しく判断できていればよいが――。

史儷は不安を胸に節堂を出た。

※　※

清風山の二の首領、花栄は官軍と一戦を交えた後、退却を装って軍を丘の陰に隠していた。官軍の動きを見張っていたのである。

荒野に散らばる兵たちの死骸が放つ血のにおいが風に乗って届いた。

花栄は、美しい女のような整った顔を微《かす》かに歪《ゆが》めた。軽い革甲《かわよろい》に鹿革の手袋、背には強弓を背負っている。冑は被らず、濃い紫色の頭巾の下から長く艶《つや》やかな髪を背中に垂らしていた。

花栄は以前、清風寨《さい》――清風山にほど近い清風鎮《ちん》と呼ばれる町に置かれた駐屯軍の基地の副知寨（副長官）であった。

清風鎮は青州から、山東三山へ向かう三叉路《さんさろ》のある町で、以前から盗賊が跋扈《ばっこ》する地域であったから駐屯軍の寨が置かれたのであった。

花栄は、副知寨の時代に職務で鄆城県を訪れた折りに押司であった宋江と知り合い、意気投合したのである。以来、友として便りのやり取りをしたり、近くを訪れたときには杯を酌み交わす仲であった。

花栄が清風寨から五十五里余り（約三〇キロ）離れた清風山の盗賊になったのは、折り合いの悪かった知寨（長官）の罠にはまり、お尋ね者となったからであった。

花栄自身、そのことを不幸とは思っていない。役人が出来のいい部下に嫉妬し、罠を仕掛けて追い落とすという行為は枚挙にいとまが無く、出来の悪い上司が赴任して来た時かいずれはそうなると覚悟していたからであった。

花栄は、一里（約五五三メートル）離れた柳の葉を射抜くと噂《うわさ》される弓の名手であった。細くしなやかな腕のどこにそんな力が秘められているのか、鋼を挟み込んだ強弓を軽々と満月のように引き絞る。

弓の名人であるから、敵との接近戦はしない。したがって頑丈な甲は必要ないから革甲を着ているのだという噂もあった。

花栄の視線の先で、官軍の荷駄隊は白虎山山寨への坂道を登って行く。

さきほどの衝突で百人近い兵を失った。

同程度の損害を官軍にも与えたが、北狄軍が思ったよりも手強かった。

花栄の軍も楊志の軍も、充分な打撃を与えられなかったために、官軍は白虎山を落とし本陣を移そうとしているのだった。

いずれ、白虎山は討伐軍に奪わせる兵略であったから、それが少し早まっただけの話である。いずれ呉用から白虎山を包囲し、攻城戦を仕掛ける命令が下るだろう。

気持ちを切り替えて、次の兵略に望まなければならない。だが――。

花栄は、自分たちの力が足りなかったために、昔からの友人である宋江の身に危険が及んでいることが気懸かりだった。

方臘長と武松、十数名の桃花山兵が、白虎山に攻め上る官軍を追っていったのは見ている。北麓からはおそらく史進が援軍に駆けつけているはずだ。彼らがうまく宋江を救出してくれるだろうとは思う。

しかし、友である自分が力になってやれないことが口惜《くや》しかった。

※　※

花栄の軍から二十里（約一一キロ）余り北に離れた場所で、楊志もまた白虎山へ移動する討伐軍を監視していた。

さきほどの衝突で失った兵は五十人。正規軍の兵が多かったから少ない損害で済んだ。花栄の軍と北狄軍の戦いを横目に戦っていたのだが、持ち場が逆であれば花栄の軍よりも被害が大きかったろうと楊志は思っている。花栄の兵が統率のとれた動きをするのに比べて自分の軍は調練が足りないと感じたからということもあったが、なにより、それほど北狄軍は強かった。

住む土地を追われ、命からがら辿り着いた国では異国人と蔑まれ続けている。そのことがあの異様な強さを生んでいるのだろうか——？

噂によれば、最前線に立つ北狄軍の後ろでは、正規軍が弓を構えているという。逃げれば後ろから仲間に矢を射かけられるのだ。

前には敵。後ろには、味方の顔をした敵。北狄軍はそのような状況の中で戦うことに慣れている。戦い続けることだけが、己の生を約束してくれるのだ。

そう考えると楊志は薄ら寒いものを感じるのだった。

北狄軍の戦いぶりは見事だった。だが、籠城戦となればどうだろう。兵站《へいたん》が断たれた状況で、どれだけ持ちこたえることができるか――？

討伐軍の陣形が決まりしだい、山麓を山東三山の兵で囲むようにと、さきほど伝令が伝えて来た。

地の利は攻めるこちら側にある。白虎山のことについては、隠された裏道まで知り尽くしているのだ。

次の戦いでは二竜山も清風山に負けぬくらいの働きをしなければならん。

楊志は青痣《あおあざ》の顔を白虎山へ向けた。

※　　　※

白虎山山頂には焦げたにおいが満ちていた。山寨の五割を焼き、火事は鎮火している。黒こげの残骸から白い湯気が立ち上る中、猝炫は馬を進めた。あちこちで北狄兵や正規軍の兵たちが焼け跡の片付けをしている。

逃げ出した白虎山の盗賊たちの探索はすでに始まっている。同時に、隠された裏道を探し出すよう命じてあった。向かわせたのは猖獗隊《しょうけつたい》――猝炫の親衛隊であった。

山東四山が結んでいるのならば、当然三山の盗賊たちはこの山の地理を熟知しているはずだと猝炫は読んだ。

開封《かいほう》の東には梁山泊の力が及んだ地域があり、官軍はそちら側からは攻められない。となれば、官軍が来るのは北。そして侵攻する官軍が山東四山の中で初めて出合うのが白虎山である。

官軍に抗する第一の砦《とりで》が白虎山なのだ。

それなのに、堅固な守りもせずに、あっという間に陥落した。

これは、罠であると考えた方がいい。

先ほどまでの戦いで、四山の軍は昼間の大規模な戦闘に慣れていないことが分かった。ならば、盗賊どもにとっては、討伐軍を白虎山に閉じ込め、地の利を使って奇襲をかけるのが上策。

こちらの知らない裏道を使って陣に忍び寄り、小さな戦闘を小刻みに仕掛けてくる。そうやってこちらの神経を消耗させ、結束が崩れた所を一気に攻め込む——。そういう手であろう。

ならば、それを逆手にとって、裏道にこちらの罠を仕掛けておけばいい。連中の罠を、少しだけずらすのだ。夜陰に乗じてこちらを攻撃しようとする盗賊たちは、罠の位置を熟知していればこそ、こちらが動かした罠にやられて自滅する。

だが——。これまでの戦いで北狄軍は三千に減った。正規軍は七百減って千三百。

籠城戦は、五倍、六倍の敵を相手に出来る。合わせて四千三百の兵ならば、白虎山を死守するには充分だが、我らの目的は山東四山の攻略だ。それだけの兵では心許《こころもと》ない。

猝炫はもともと、四山のうち一つを落としたら、童貫《どうかん》に追加の援軍を求めようと思っていた。手柄を一つ立てれば、要求もしやすいからである。

その伝令はすでに開封へ出してある。

要求した兵は二万。それだけの兵力があれば山東四山を攻略し、開封と示し合わせて梁山泊を東西から攻めることも可能だ。その兵略の子細も童貫宛の書状に記してある。

童貫から兵を借りた時にはすでにあった構想であった。しかし、『たかが北狄軍』と侮っている童貫を納得させるためには具体的な戦果が必要だと考え、猝炫はあえて提案しなかったのである。

白虎山を落としたことでその兵略にも説得力が生まれた。負け戦の後の要求と、勝ち戦の後の要求では、まったく意味が異なる。

童貫のことだから、二万の要求をそのまま叶《かな》えることはあるまいから、せいぜい一万と考えておこう。

猝炫はそう考えながら焼け残った節堂の前で馬を下り、柵に手綱を繫いだ。

「まずは、一万の援軍が来るまで、白虎山で持ちこたえることが肝要だ」

猝炫は呟きながら節堂に入った。

※　　※

宋江は白虎山の山中を進んでいた。武松と方閻長が側につき、十五人の桃花山兵が周囲に散って守っている。

森の下生えの笹《ささ》をがさがさ鳴らして歩くのは宋江ばかり。ほかの者たちはほとんど音を立てない。

武松、方闓長は武芸者であるからそのような技を身につけていたとしても不思議はないが、森の中に紛れている十五人は、本業が盗賊である。荒っぽい生業《なりわい》の者のくせに繊細な技を心得ていると、宋江は感心した。

だが、考えてみれば、物音を立てずに狙った屋敷に忍び寄るというのは盗賊に必要な技術であろう。これは奇襲に役立つな——。

そんなことを考えながら、宋江は足を進める。

宋江が歩いてるのは白虎山の脱出路であった。白虎山のすべての道を教えられている方闓長が先導している。宋江の目にはどこに道があるのか分からなかったが、方闓長によれば、目印になる木々が森の中のあちこちにあって、それが分岐点になり、道は網目状に白虎山の森を走っているのだという。万が一、敵が分岐点の目印に気づいたとしても、誤った道を選択すれば、そこには罠が待ち構えていて、命を落とす。また、その道から外れても山中には随所に仕掛けが用意されていた。

突然、前を歩いていた方闓長が足を止めた。

宋江を振り返り、身を屈《かが》めるよう手で指示を出した。

宋江とその後ろを歩いていた武松は口を閉じたまま、笹の中に身を沈めた。

風に揺れる木々の葉音の中に、甲の札《さね》が触れ合う音が聞こえてきた。

音の方をそっと覗くと、黒い甲を着た二十人ほどの一団が山を降りてくるのが見えた。北狄兵である。西麓の街道へ続く道を進んでいる。おそらく、荷車の車輪の跡を追っているのだろうと思われた。

北狄兵が立ち止まったので、宋江は見つかったかと肝を冷やし、首を縮めた。

北狄兵たちは地面にしゃがみ込み、何かをしていた。

そばにいた武松が、

「罠を見つけやがったんだ」

と囁《ささや》いた。

北狄兵たちの十人が道の左右に分かれて森の中に入り込んだ。

宋江たちが隠れている側の五人が下生えの中から弩《ど》を数台連ねた木組みの枠を持ち上げた。それを二引（約六一メートル）ほど山頂側に移動する。

道に残っていた兵たちは、森の中の兵たちの動きに合わせ、道の土に埋められていたのであろう綱を持って動いた。

「罠の場所を動かしやがった」

武松は舌打ちした。

宋江は顔をしかめる。

籠城した討伐軍に攻撃を仕掛けるために山東四山の軍は道を登ることになる。

その時には、罠の場所を熟知している白虎山の兵が先導することになるだろう。白虎山兵は埋められた仕掛けを作動させないように、その場所を避けて通る。当然、矢は放たれないから罠を移動させられたとは考えずに先に進む――。山東四山の兵たちは、少し先で自分たちの弩に貫かれることになる。

同様のことを白虎山全体でやられてしまえば、山東四山の軍の地の利は白紙に戻ってしまう。

罠の位置を変えると、黒甲の一団は宋江たちに気づいた様子もなく道を駆け下って行った。

方閻長が立ち上がり、黒甲が去ったことを確かめて宋江たちに肯いた。

宋江は詰めていた息を吐きだして立ち上がって歩き出した。

第三章

一

青州は山東半島の付け根あたり、白虎山《はくこざん》の東北方向にあった。唐時代には入高句麗新羅路と呼ばれた、洛陽《らくよう》から山東半島の突端近くの登州《としゅう》へ続く貿易の道の途中にある都市である。

今、青州の州城は〈水泊梁山《すいはくりょうざん》〉の旗印に囲まれていた。その数五万。沂州《ぎしゅう》の武器庫から運んできた投石機や衝車《しょうしゃ》、撞車《どうしゃ》などの攻城兵器も配置についていた。無血で開城させた沂州の兵も多く混じり、手に軍の旗を持っている。青州城の者たちはそのことで沂州城が陥落したことを知った。沂州は山東半島の付け根、南側にある都市である。

梁山泊軍は、無血開城を勧告するために単身州城に乗り込んだ晁蓋《ちょうがい》が出てくるのを待っていた。

大勢の人馬が集まっているというのに、城外は静まりかえっていた。兵たちの目は固く閉じられた南門に向いている。

変事があれば、すぐに攻撃に移れるよう、弓隊は矢をつがえ、投石機には大石が乗せられて、じっと城門が開くのを待っている。

城門の蝶番《ちょうつがい》が軋《きし》みを上げた。

大きな木の扉がゆっくりと開く。

晁蓋が馬に乗って現れた。

大きく拳を突き上げる。

梁山泊軍の前列が歓声を上げた。それは波のように全体に広がっていった。

梁山泊軍は隊列を整えて城内へ行進する。

ちょうどその頃、西門近くの官衙《かんが》の路地に、五十人ほどの人影が蝟集《いしゅう》した。いずれも甲《かっ》冑《ちゅう》を纏《まと》った青州の将兵であった。

その中に、黄信《こうしん》、秦明《しんめい》という将がいた。

黄信は都監――州軍の総指揮官である。背中に巨大な剣を背負っている。喪門剣《そうもんけん》という、荒ぶる神の名を冠された剣である。

秦明は統制――地方征討軍の指揮官。片手に狼牙《ろうが》棒《ぼう》を持っている。先の太い棒に太い棘《とげ》が無数に突き出した武器である。

二人はついさっきまで州城の文官、武官と共に、青州知府と梁山泊首領の晁蓋との話し合いの場にいた。

知府が無血開城を受け入れた時に、そっと広間を抜け出して信頼のおける部下たちと共に武装して西門へ向かったのであった。

西門の近くには騎馬軍の厩《うまや》があった。

警備の兵は十人。いずれも不安げな表情をしている。彼らは、知府が今晁蓋と話し合いをしていることを知っている。また、楼門の物見兵から梁山泊軍には降伏した沂州兵が多く混じっていることも知っていた。

沂州は無血開城したらしい――。

青州はどうするのだろう――？

それが不安なのである。

秦明と黄信は肯《うなず》き合って、配下の兵たちを路地に隠したまま、道に歩み出た。

厩の兵たちは、二人の姿を見ると背筋を伸ばして最敬礼した。

黄信は兵たちに歩み寄ると小声で言った。

「我らは知府さまの密命を帯びている。これから西門より討って出て、梁山泊軍の囲みを破り、開封《かいほう》へ援軍を求めに行く」

兵たちは顔を見合わせる。普段の黄信ならば「馬を出せ」と一言命じるだけだが、今の黄信は饒舌《じょうぜつ》であった。冷静に考えれば不審を抱いただろうが、兵たちは開封から援軍が来るのだという話にほっと溜息《ためいき》を吐いて「承知いたしました」と小声で返した。

「西門の兵に、話をして参れ」

黄信は兵たちに言った。

五人の兵が西門へ走る。

秦明は路地に向かって手を挙げる。

五十人の配下たちが素早く厩へ駆け込んで、鞍《くら》に跨《またが》った。黄信と秦明も自分の馬に乗る。

西門へ走った兵たちが戻って来て、「用意が出来ました」と言った。

黄信と秦明は厩を駆け出した。五十騎の配下が続く。

道の向こうに西門が見えた。門衛二十人が大きな門《かんぬき》を外し、扉を開ける用意をしている。

南門の方から歓声が上がった。晁蓋が無血開城の成功を知らせたのである。

黄信は先頭に立ち馬の速度を上げると、大きく手を振って開門の合図を送った。

扉が一気に開かれた。

黄信、秦明と五十騎の兵は城外に飛びだした。

梁山泊軍は歓喜の中にいたので、黄信たちの動きへの反応が遅れた。

突進してくる黄信たちに、慌てて弦に矢をつがえる弓箭手《きゆうせんしゆ》、矛を構える矛兵。

黄信たちは、矢が放たれる前に、梁山泊兵の薄い場所を狙って突っ込んだ。

黄信は喪門剣を抜き放ち、その巨大な剣を右手だけで軽々と振り回して、梁山泊兵たちを薙《な》ぎ倒して行く。一振りで五、六人の兵が胴を両断され、首を飛ばされた。

秦明は狼牙棒を振る。鉄の棘が梁山泊兵の冑《かぶと》を砕き、肉を引きちぎる。

五十騎の配下たちは後ろから駆け寄せる梁山泊兵に矢継ぎ早に騎射した。

百人近い梁山泊兵を打ち倒し、黄信たちは梁山泊軍の囲みを破った。

騃穴《しんけつ》に鍼《はり》を打った梁山泊の騎馬が追い上げて来る。

後詰めの配下が矢を放ち、次々に騎馬兵を倒す。

黄信たちを追う梁山泊騎馬兵の最後の一人が、喉を矢に貫かれて落馬した。

青州城が後方に遠ざかる。丘を一つ越えると辺りは田園地帯であった。田は刈り入れを終えて、畑には冬野菜の葉が列をなしていた。

「気に食わん！」

秦明は黄信の馬に並んで怒鳴った。蹄《ひづめ》と耳元で風を切る音の中でも、その胴間声はよく響き、周りを走っている将たちは驚いて彼の方を見た。

「まったくだ！」黄信は答える。

「新参の白虎山を鎮めて鎮《ちん》四山《しざん》と呼ばれることを楽しみにしていたというのに！　開封の軍に先を越された上に、青州は戦わずに梁山泊に降伏した！　まったくついていない！」

黄信は今まで、武力によって山東三山の脅威が青州に及ばないよう務めてきた。三山の盗賊は、黄信の軍を避けて青州には寄りつかなかったので彼は〈鎮三山〉と呼ばれてきたのだった。

「これからどうする？」秦明が訊《き》く。

「開封へ走るか？」

「いや、山東四山の討伐軍に合流する。暴れに暴れて四山の盗賊どもを根絶やしにし、鎮四山と呼ばれるのだ」

「うむ――。開封へ戻って田舎の将軍扱いをされるのも腹立たしいと思っていたところだ。おれも討伐軍に合流しよう。将軍は北狄《ほくてき》軍の劉倍《りゅうばい》らしいから、武芸の腕さえあれば、加えてくれよう」

秦明が言った。

「劉倍は今、耶律猝炫《やりつそつげん》と名乗っているらしいぞ」

と黄信。

「耶律？　劉倍は遼国人《りようこくじん》だったか」

「なんだ。そんなことも知らなかったのか？」

「そんなことなど知らずとも、盗賊どもをぶち殺すことはできる」

秦明は鼻っ柱に皺《しわ》を寄せた。

秦明と黄信は馬を南西方向へ向けた。

二人は呉用《ごよう》の名簿に名の上がる豪傑であった。秦明は天猛星《てんもうせい》。黄信は地煞星《ちさつせい》。もちろん二人はそのことを知りもしない。

その頃、晁蓋は将二人と五十騎の兵が青州城を脱出した知らせを受け、手練《てだ》れの騎馬兵百騎にその後を追わせた。

黄信たちを追跡する兵は、彼らが開封には向かわず討伐軍に合流する道筋を選んだことを確認して、青州城へ戻った。

晁蓋からは、「開封に向かう場合には殺せ。討伐軍に合流する時には放っておけ」と命じられていたのである。

梁山泊軍が京東東路の都市を攻略していることをまだ開封に知られたくない。だが、討伐軍は遠からず全滅することになる。

討伐軍の滅びと共に、秘密が守られるならば、わざわざ深追いすることはない。

※　　※

猝炫は白虎山の節堂《せつどう》に座り、目を閉じていた。側には黒い甲冑の三人の男が控えている。猖獗《しょうけつ》隊の兵で聶、奚《じょう　けい》、受《じゅ》という三人の伍長《ごちょう》（五人隊長）であった。隊の中で最も腕の立つ兵を統率する者たちである。

梁山泊は、なぜ山東四山と手を組まないのか――？

猝炫は、密偵たちが集めてきた情報を頭の中で繋《つな》ぎ合わせ、それを考え続けていた。

梁山泊の現在の首領は晁蓋。前の首領王倫《おうりん》は二の首領である杜遷《とせん》によって殺害されたと聞く。山東四山の首領たちはそれをよしとせず、手を組まないのだろうか。

いや――。二竜山《にりゅうざん》の首領楊志《ようし》は、前の首領鄧竜《とうりゅう》を倒してその座に納まった。

桃花山《とうかざん》の首領は李忠《りちゅう》。以前の首領は今の二の首領の周通《しゅうとう》だったが、李忠は請われて首領の座についた。

清風山《せいふうざん》の首領は王英《おうえい》。二の首領は花栄《かえい》。三の首領は鄭天寿《ていてんじゅ》――。最近の入れ替わりはない。

白虎山の首領は、孔太公《こうたいこう》か宋江《そうこう》、あるいは孔明《こうめい》、孔亮《こうりょう》のどちらかか。いずれにしろ、新興の山で、古くからの梁山泊との関わりはない。

だが――。

山東四山には、呉用の選んだ豪傑の名簿に載る者が多く集まっている。呉用は彼らと接触を持ったはずだ。

桃花山には史進《ししん》、史儷《しれい》がいるし、楊志は魯智深《ろちしん》と関わりがある。花栄は、呉用が梁山泊に迎えようとしている宋江の友人。

梁山泊と山東四山は手を組まない方がおかしい。

ならば、なぜ手を組んでいないように装っているのだ?

我関せずの顔をして、山東四山との戦いに目を向けさせておき、裏で何かを画策しているのか?

「それを知るためには、事情を知る豪傑を一人捕らえなければなるまいな」

猝炫は呟《つぶや》く。

白虎山の者たちはすでに逃げてしまったが、こちらの油断を突いて奇襲をかけようと、まだ山中に潜んでいる者がいるかもしれない。猖獗隊ならば、そういう者たちを見つけてくれようが――。

「隻眼にはなったが、わたしの方がまだ目がいい」

猝炫は椅子を立った。聶、奚、受の三人は猝炫の側に近寄る。

「ついて参れ」

猝炫は言って節堂を出た。三人の伍長は無言のままその後に続いた。節堂の外に控えていた十五人の部下が素早く伍長に従った。

二

史進は五十人の兵と共に楊閭長《ようろちょう》の案内で白虎山の山中を歩いていた。脱出路には幾つもの種類があって、緊急性を伴わない時に使用するものから、山寨《さんさい》が攻撃を受けた時に素早く逃げるための道、追跡する敵の目をくらますために使う道など多岐に渡っている。

楊閭長が選んだのは、山寨から最も早く脱出できる道であった。途中に急斜面などがあるが、白虎山の生活道路よりかなり早く麓に下りることができた。脱出の途中でなにかが起こらないかぎり、宋江たちはこの道を下りてくるはずであった。

楊閭長は分岐に来るたびに目印の木の種類の説明をした。万が一、全員が散らなければならなくなった時の用心である。数種類の木を覚えておけば、どこにいてもとりあえず麓の道に下りられるのであった。

「おかしゅうございますな」

楊閭長は立ち止まって、小さな崖の上を眺めた。

「あと一里（約五五三メートル）ほど進めば山寨の北の端に辿《たど》り着きます。この道を使ったのならば、どこかで出合っているはず」

「ここまで人の歩いた痕跡はなかった」史進は厳しい顔をする。

「ということは、山寨からここまでの間で何かがあって道を変えたか」

「どこで道を変えたのか――。ともかくその場所を確かめて後を追いましょう」

楊閻長は歩き出す。

「なぜ道を変えたかが重要だ。用心しながら進もう」

史進が言う。

楊閻長と五十人の兵は肯き合って歩を進めた。

※　※

人が通れば下生えの葉は左右に押し広げられ、それが戻る時に不自然な葉の重なりを生み出す。不自然な葉の重なりは不自然な影を作り、下生えの上に薄黒い筋を描く。

巧みに痕跡を隠す者でも、わずかな下生えの乱れまで消すことは出来ない。

優れた追跡者はその影を見極める。

猝炫は森の中を見回した。

すぐに、笹《ささ》の下生えに明らかな痕跡を見つけた。幾筋もの薄い影が下生えの中を走っている。

その中に、一際目立つ影があった。

森を歩くことに慣れていない者。追跡されることに慣れていない者の痕跡である。

百姓は、山に分け入り山菜や茸《きのこ》を採取する。自分の穴場を見つけられないように、山中の足跡を消す術《すべ》を知っている。白虎山の兵は百姓兵。

そして、盗賊どもは追っ手の目をくらますために足跡を消す術を知っている。

白虎山の賊たちの中で、無様な痕跡を残して逃げる者は、宋江ただ一人。

猝炫は後ろを振り返る。

聶、奚、受の三伍長もその痕跡に気づいたようで、猝炫の視線を受けると小さく肯いた。

三伍長は背後に控える十五人の兵に指で指示を出した。

十五人の兵は方天戟《ほうてんげき》を構えて、追跡を開始した。

※　※

宋江たちは、幾つかの目印の木で道を変え、白虎山の中腹あたりまで来ていた。生活道路からはかなり離れていて、敵が見つけやすそうな脱出路からも距離がある。足音や話し声、札《さね》の触れ合う音などの追跡者の気配はない。

方《ほう》閻長が先頭、武松《ぶしよう》が宋江の背後を守り、少し前まで隠れて護衛をしていた十五人の桃花山兵は一引（約三〇メートル）ほど離れた位置に姿を現し、三人を囲むように歩いている。

相変わらず、宋江の足が下生えを掻《か》き分ける音だけが聞こえている。方閻長の歩き方を後ろから見ながら真似《まね》しようとするのだが、うまくいかなかった。

宋江の悪戦苦闘を後ろから見ていて、あまりの不器用さに呆《あき》れたのだろう。武松が声を掛けてきた。

「おれたちは、まったく足音を立てていないわけじゃないんだぜ。葉の重なりに逆らわないように足を進めながら、耳を澄ませて風が葉を鳴らす音に足音を合わせるんだ」

「ずっと机にかじりついて来た者に、そんな器用な真似が出来るか」

宋江はぶすっとした顔になる。

「それなら無駄な努力はしないことだ。疲れるだけだ」

笑った武松の声が途中で止まった。

方閻長がさっと振り返る。武松も後ろを振り返った。十五人の桃花山兵もまた、緊張した顔で来た方向を見た。

「どうした？」

宋江ばかりが、なにが起こったのか分からずにおろおろと訊く。

武松が宋江の腕を摑《つか》んで走り出した。剣を抜いた方閻長の脇を駆け抜ける。

十五人の桃花山兵は方閻長の左右に並んで矛を構えた。

「追っ手か？」

宋江は後ろに遠ざかる方閻長たちを振り返りながら訊いた。

「そうだ」

武松は短く答える。

「もしかして、わたしの足跡を追われたか？」

宋江の顔が強張《こわば》る。

「たぶんな。時を稼ぐために色々と細工をしたが無駄だったようだ」

「細工をした？　そんな様子は見えなかったぞ」

「道を変えるたびに桃花山兵の一人が目眩ましの痕跡を別の方向へ伸ばした。だが、無駄だったようだな。敵にはよほど目のいい奴がいるらしい――。一気に山を下るぞ」

武松は速度を上げて斜面を駆け下りる。

宋江は武松に腕を引かれながら走る。笹の茎が足に絡まり転びそうになりながらも必死で足を動かした。

※　※

森の中を風が渡るような音を立てて、十五人の黒甲冑が駆けて来る。手には方天戟――。

「北狄兵か」

方閻長は小さく舌打ちした。正規軍の兵ならばなんとか切り抜けられると思っていたのだったが、相手が北狄兵となれば、命を落とすことも覚悟しなければなるまい。

「できるだけ時を稼ぐぞ」

方閻長は十五人の桃花山兵に言った。

兵たちは固い表情ながら、強く肯いた。

「一人一殺」

方閻長の言葉に「応っ！」と答えて、桃花山兵たちは北狄兵に向かって走った。

矛と方天戟が火花を散らした。

相手を弾《はじ》き飛ばして間合いを開け、十五人の桃花山兵は北狄兵に斬り込む。

振り下ろされた矛を方天戟が受ける。

横薙《よこな》ぎされた方天戟を矛で受ける。

方閻長は桃花山兵と斬り結ぶ北狄兵の背後に回り、甲《よろい》の隙間に剣を突き立てる。

三人の北狄兵を倒し、二人の桃花山兵が倒れた。

十組が一対一。二組が桃花山兵二人対北狄兵一人の戦いとなる。

方閻長ともう一人は、劣勢の桃花山兵に加勢する。

その時、新手の北狄兵三人が方天戟を振りかざしながら、斬り込んで来た。

偉丈夫の三人は聶、奚、受の三伍長であった。

三人の伍長は、一気に三人の桃花山兵の背中を方天戟で断ち割った。

方閻長は、一人の北狄兵を薙ぎ斬ると、三人の前に飛び出す。

三人の伍長は方閻長を手練れと見たのか、三方から囲み方天戟の切っ先を向けた。

北狄兵は二人の桃花山兵を倒し、十一対八になったところで、三人が宋江と武松を追った。

それを追おうとした三人の桃花山兵が背中を斬られ、桃花山兵たちはさらに劣勢となった。

六人の桃花山兵は十一人の北狄兵に囲まれる。

三人の伍長のうち一人が囲みを離れて宋江が逃げた方向へ走った。聶伍長であった。

「くそっ！」

方閻長は後ろの受伍長に斬りかかる。

受伍長は一歩下がってその切っ先を避《よ》ける。

方閻長は受伍長の脇をすり抜けて聶伍長を追う。

受、奚の伍長は走って方閻長に追いつき、行く手を塞ぐ。

方閻長は二人に鋭く斬り込み、間を潜って走る。しかし、すぐに二人の伍長に追いつかれて追跡の邪魔をされた。度々足を止められ斬り結ぶので、聶伍長との間が離れて行く。

まずはこの二人を倒さなければなるまい――。

方閻長は覚悟を決めて、まず受伍長に向かい間合いを詰めた。

受伍長は方天戟を横薙ぎに振る。

方閻長はさっと身を沈めてその一撃を避け、跳び上がって受伍長の懐に飛び込んだ。

受伍長の喉を方閻長の刃が斬り裂いた。

方閻長は背後に殺気を感じ、倒れ込む受伍長の襟を摑んで背後に回り、楯《たて》とした。

奚伍長の方天戟が受伍長の甲を割った。

方閻長は受伍長の死体を奚伍長に向けて蹴り飛ばす。

奚伍長は横ざまに跳んでそれを避けた。

方閻長は両手で剣を持ち、姿勢を低くして奚伍長に対峙《たいじ》する。返り血に染まった顔の中で、ぎらぎらと両目が光っていた。

少し離れた場所で、三人にまで減った桃花山兵が、五人になった北狄兵と戦っている。

森の中に黒い影が揺れた。

左顔面を黒革の仮面で覆った男が近づいて来る。それが耶律猝炫であることはすぐに分かった。

白く整った顔の、冷酷な目を見た瞬間、方閻長の背中に悪寒が走った。

武芸に秀でた者は、相手の所作を見ただけでその力を推し量ることが出来る。

猝炫は噂《うわさ》通り相当の手練れ――。

方閻長は生まれて初めて純粋な死の恐怖を感じた。

戦場では戦いの昂揚《こうよう》が勝って、死の恐怖など心の隅に追いやられてしまうのだが、今は体から力が抜けて行くほどの恐ろしさを感じている。

虎の牙が喉に突き立った瞬間、鹿は死を覚悟して抵抗を止《や》めるという。

わずかに残った方閻長の心の冷静な部分が今の自分はそれと同じなのだと囁《ささや》いた。

「おれは鹿ではないぞ……」

方閻長は食いしばった歯の間から言葉を絞り出した。少しだけ勇気が湧いた。

猝炫は奚伍長の後ろで立ち止まる。

「手伝ってやろうか?」

のんびりした口調で猝炫が言った。

奚伍長は方閻長に目を向けたまま、小さく首を振った。方閻長に間合いを詰められるのを警戒して姿勢を低くし、方天戟も低く構えている。

方閻長は、倒れている受伍長の手から方天戟を奪うと、剣を地面に突き立てた。

奚伍長は、方閻長が方天戟を持ったのを見ると、すっと腰を伸ばして打ち掛かった。

方閻長は振り下ろされる刃を方天戟で弾き返すと左に回る。

それを追って奚伍長の方天戟が横に振られた。

方閻長はさっと姿勢を低くする。

奚伍長の方天戟が、方閻長の背後の木の幹に食い込んだ。

方閻長は跳ぶように前進する。

奚伍長は食い込んだ方天戟を抜こうと、一瞬動きが遅れた。

方閻長の手が地面に突き刺した剣の柄を握る。

方天戟を抜いて方閻長の背中に一撃を加えようと、奚伍長は柄を持った手を高々と上げた。

腋《わき》の下に隙が出来た。

方閻長は振り返りざま、奚伍長の腋の下に剣を差し込んだ。

小さな呻《うめ》きを聞きながら、方閻長は剣を引き抜き、そのまま猝炫に突進した。

猝炫の手が剣の柄に伸びる。

目にも止まらぬ速さで抜きはなった猝炫の剣は、方閻長の剣を弾き上げ、返す刃でその甲を袈裟懸《けさが》けに斬った。

甲と刃が火花を散らし、裂けた鋼の奥で断ち切られた肉が血飛沫《ちしぶき》を上げた。

方閻長は地面に倒れた。

「方閻長！」

最後の一人になっていた桃花山兵が、血まみれの顔を方閻長に向けて悲痛な叫びを上げた。

四人の北狄兵が、一斉に方天戟を突き出して、桃花山兵の胴を貫いた。

猝炫は剣を血振いして鞘《さや》に収める。

宋江と武松が逃げた方向へ進もうとした時、ぐいっと足首を掴まれた。

猝炫は足元を見下ろす。

方閻長が俯《うつぶ》せのまま、右手で猝炫の右足首を掴んでいた。

「行かせぬぞ……」

方閻長が呻く。

「いい根性をしているな」猝炫は方閻長を見下ろしながら言った。

「投降していれば伍長に取り立ててやったものを」

「おれは、閻長だ」

方閻長は顔を上げて血の流れる口元を笑みの形に歪《ゆが》ませた。

「そういえば、最後に死んだ兵にそう呼ばれていたな」

猝炫は剣を抜いて方閻長の手首を切り落とした。

「もう痛みも感じぬわ」

方閻長は左手を伸ばした。

猝炫はその手も切り落とした。

方閻長は、血に染まった歯をむき出して笑いながら、這《は》って猝炫に近づく。

猝炫の足に噛《か》みつこうと大きく口を開けた時、刃が方閻長の首を断ち斬った。

がちりっと歯を噛み合わせて、方閻長は絶命した。

猝炫はもう一度剣を血振いして鞘に戻した。

歩き出すと、右足に違和感を覚えた。

見ると、方閻長の右手がしっかりと足首を摑んでいる。

猝炫は足を振って右手を外そうとした。しかし、関節が固まってしまったのか、方閻長の手首は猝炫の足首を握ったまま離れない。

「本当にいい根性をしている」

猝炫は苦笑しながら方閻長の死骸を振り返る。胴から切り離された首が猝炫の方を向いていて、すでに光を失った目が彼を睨《にら》んでいた。

「ならば少しつき合ってもらおうか」

猝炫は、方閻長の右手に右足首を摑まれたまま宋江と武松を追った。

※　　※

どれだけ走ったのか分からない。
斜面を下る速度に足がついて行かず、時々転がった。そのたびに武松に助け起こされ
「おぶってやる」と言われたが、宋江は頑《かたく》なに断った。
だが、息が上がり口の中に血の味がし始めている。足は重く思うように動かない。目も

霞《かす》んでいる。

意地を張らずに、おぶってもらおうか――。

そう思った時、突然体がふわっと持ち上げられた。

「なんだ！」

宋江は手足をばたつかせる。

「追っ手だ。少しの間、木の上で待っていろ」

武松は言うと、宋江の体を欅《けやき》の木に押しつける。宋江は幹をよじ登り、太い枝にしがみつくようにして葉の中に身を隠す。

斜面のずっと上の方に四人の人影が見えた。聶伍長と三人の北狄兵である。

武松は左右の手で、腰の後ろに差した二本の戒刀《かいとう》を抜く。旅の僧侶が悪霊避けに携える短い刀であるから、偉丈夫の武松が持つと貧弱な武器に見えた。

北狄兵の一人が呼子を鳴らした。

斜面の上方の遠く近く、あちこちからそれに答える呼子が鳴る。

一つの伍（五人隊）につき一つの呼子だとすれば、少なくとも十五を越える伍、七十五人以上の敵がこちらに向かって来る――。

「ちょっとばかり、まずいぜ」

武松は顔をしかめた。

まずは近い者から片づけて、加勢が来る前に逃げるしかない。

武松は雄叫《おたけ》びを上げながら斜面を駆け上がった。

三人の兵が方天戟を構えて駆け下りてくる。

武松は、真っ先に駆け下りてきた真ん中の兵の方天戟を紙一重でかわし、その柄を腋の下に挟んで思い切り振り上げる。兵は宙に飛ばされ、木の幹に叩《たた》きつけられ音を立てて下生えに落ちた。

左右から突き出される戟の刃を戒刀で斬り落とし、右手の戒刀を口にくわえた。脇に挟んだままの方天戟を右手に持ち、突進して来る聶伍長に向かって投げる。

聶伍長は体を左に捻《ひね》って飛来する方天戟を避ける。

二人の兵は武松に両断された戟の柄を捨てて剣に手をかける。

武松が一瞬早く、左右の戒刀で二人の喉頸《のどくび》を切り裂いた。

聶伍長は両手の方天戟の柄を短く折った。戟は森の中でも振り回せる長さになった。

武松は地を蹴って聶伍長に突っ込む。

二本の戒刀が聶伍長の顔を狙う。

聶伍長は短い方天戟を振り回し、戒刀の刃を弾いた。

武松は下がって身構える。

聶伍長も両手の方天戟を武松に向かって突き出すようにして構えた。

武松は気合いと共に間合いを詰め、聶伍長に、左右の戒刀を交互に続けざまに振り下ろす。

聶伍長は戟の刃でそれを受けながらじりじりと後退する。

武松の気合いと刃が打ち合う音が森に響いた。

※　※

史進は森の中に呼子の音を聞いた。

「位置は分かるか？」

史進は訊いた。

「はい」

楊閻長が答える。

最初の呼子に答えるように、あちこちで呼子の音が鳴った。

「急ぐぞ！」

楊閻長は言って走り出した。

史進と五十人の兵が続く。

急な斜面であったが、史進たちは飛ぶように駆け上がった。

※　※

宋江は木の上で武松と聶伍長の戦いを見ていた。その背後に、武松が投げた方天戟が突き立っている。

あれを使って加勢しよう——。

宋江はそう思って木を下りた。

方天戟の側に駆け寄ってそれを抜き、聶伍長の背後に回り込んだ。

「ばか！　下りてくるな！」

武松が怒鳴った。

「これでも矛術《ぼうじゅつ》、槍術《そうじゅつ》の心得がある！」

宋江は方天戟を持って聶伍長に突っ込んだ。

聶伍長は身を捻って宋江の突きを避ける。

左手に隙が出来て、武松はその手の方天戟を弾き飛ばした。

聶伍長は左手で剣を抜き、跳びさがって間合いを開けた。

右に宋江、左に武松――。

宋江は聶伍長の後ろに回ろうとした。

聶伍長は左後ろに下がって宋江に後ろを取らせない。

「邪魔だからすっこんでろ！」

武松は言って聶伍長に斬りかかる。

「わたしのおかげで方天戟を弾き飛ばしたんじゃないか！」

宋江は言って聶伍長に戟の刃を突き出す。

聶伍長は短い方天戟を振るい、宋江の方天戟を打ち割った。

「わっ！」

宋江は悲鳴を上げて戟を捨て、あたふたと剣を抜いた。

その時、森の中から五人の人影が現れた。

四人の兵と耶律猝炫であった。

「逃げろ！」

武松は宋江に叫ぶ。

宋江は、顔の左を黒革の仮面で覆った猝炫を見て足が竦《すく》んだ。その体から異様な気配が立ち上っているように思えたのだ。

「早く逃げろ！」

武松は宋江に駆け寄り、その背中を押した。

宋江は、はっと我に返って走り出す。

武松は、加勢が来たことで勢いづいた聶伍長の攻撃を交差させた戒刀で受けた。剣を弾き返し、体勢を崩した聶伍長の腹に蹴りを入れて斜面を駆け下る。

腹を蹴られた聶伍長は二丈（約六メートル）も飛ばされて下生えの中に倒れた。

宋江は走る。その後ろを武松が走る。

四人の北狄兵が左右から追い上げる。

聶伍長は呻き声を上げて立ち上がった。胸に鋭い痛みがあった。肋《あばら》が何本か折れている様子だった。

「不甲斐《ふがい》ないな」

猝炫が遼国の言葉で言ってその横を通り過ぎる。さきほどまで猝炫の右足を握っていた方閻長の右手はすでになかった。

「申し訳ございません」

聶伍長も遼国の言葉で返し、走り出した。

猝炫の足が軽やかに動き、凄まじい速さで聶伍長を追い越した。

猝炫は森の木々を右に左に避けながら宋江と武松を追い上げる。

三

史進たちは森の中を駆け下りてくる宋江と武松の姿を見つけた。

「いたぞ！」

楊閻長が叫んだ。

史進と五十人の兵が速度を上げる。

「遅いぞ！　史進！」

武松は怒鳴ったが、ほっとした響きがあった。

宋江と武松は史進たちの隊列をすり抜けて、背後の下生えに転がり荒い息を整えた。

史進と楊閻長、五十人の兵は宋江と武松を守り、鶴翼に展開した。

「一息ついたらすぐに逃げろよ！」

史進は言った。

聶伍長と四人の兵を追い越した猝炫が、史進たちの前に立った。間合いは一引（約三〇メートル）。

「宋江を追っていたら、願ってもない男が現れたな」

猝炫は静かな声で言った。

「もう片っぽの目も潰されたくなかったら、さっさと引き上げな」

史進は三尖両刃四竅八環刀《さんせんりようじんしきようはつかんとう》をぶんっと振った。尖端が三つに分かれた矛のような武器で、刃の根元に四つの穴があり、八つの輪がはめられている。史進が振ると鉄の輪が涼しげな音を立てた。

「ほぉ。師匠の仇《あだ》を討つことを選ばず、さっさと引き上げろとは意外な言葉だな」

自分の左目を奪った史進に対して強い恨みを感じているはずなのに、猝炫の声音はあくまでも冷静である。

史進は薄ら寒いものを感じた。

猝炫は己を操る術を心得ている。おれなら、怒り狂って暴れ回っているところだぜ——。

「お前なんぞ、いつでも倒せる。仇討ちよりもまずは生きた仲間を救い出すことが先決だ」

そう言いながら、史進は自分も少しは成長しているのだと感じて少し嬉《うれ》しくなった。

「殊勝な心がけだ。だが、少々遅かったようだな」

猝炫は微笑《ほほえ》む。

森の中を大勢の兵たちが迫る音が聞こえた。

百人に近い――。

史進は小さく舌打ちした。

「武松！　宋江を頼むぜ！」

史進は言った。

「応っ！」

武松は立ち上がり、まだ荒い息をしている宋江を引きずり起こした。

北狄兵と正規軍の兵が木々の間から押し寄せて来る。

武松と宋江は斜面を駆け下る。

楊闓長と五十人の桃花山兵は臆することなく広く展開し、剣を抜いた。

入り交じって斜面を駆け下りて来た北狄兵と正規軍兵の動きが変化した。

北狄兵が遅れた。正規軍兵は目の前の敵に興奮し、矛を構えて走り続ける。

正規軍兵を先に突っ込ませ、桃花山兵の列を乱した後に斬り込む。そういう作戦のようであった。

一人の北狄兵が地面に方天戟を突き刺して剣を抜く。森の中での混戦に、柄の長い方天戟は不利と読んだのである。他の北狄兵もそれに倣った。

桃花山兵は、正規軍兵をぎりぎりまで引き寄せて木の裏に回り込んだ。

正規軍兵の矛が幹に突き立つ。木の脇を回り込もうとした正規軍兵は、間合いを詰めすぎて動きが鈍くなった。

桃花山兵は、塊となった正規軍兵を次々に斬り倒して行く。

北狄兵が速度を上げて殺到する。

正規軍兵たちを踏み台にして宙に飛んだ。

剣を構えた北狄兵が桃花山兵の真上に降る。

桃花山兵はさっと身を引いて第一撃を避けた。

北狄兵と桃花山兵、矛を捨てて剣を抜いた正規軍兵が入り交じって刃を打ち合わせた。

一方、史進は猝炫と、聶伍長を含めた五人の猖獗兵と対峙していた。

史進は三尖両刃四竅八環刀を短く構える。長さ七尺（約二・二メートル）もある八環刀だが、持ち方によって狭い場所でも使うことができる。それは矛も方天戟、棍《こん》でも同様であったが、瞬時に構えを変化させて自在に操るのは至難の業であった。

史進はそれを王進《おうしん》から学んだ。

『棍は短くも長くも使える――』

今は亡き王進の言葉が頭の中に蘇《よみがえ》った。

師匠には悪いが――。

史進は苦笑する。

こんな時に死者の言葉を思い出すとは、験が悪いぜ――。

※　　※

史儷《しれい》は、剣戟の響きに向かって白虎山を駆け登っていた。

強い胸騒ぎがあった。

生まれてこの方、感じたことの無い強烈な不安と焦燥であった。

双子は不思議な力で結ばれていてお互いの心が感応することもあるという。

今まで史進との間にそのようなことはなかったから、与太話の類であろうと思っていた。

しかしそれは、ずっとそばにいたから感じ取れなかったのかもしれない。また、感応する必要のある出来事が起こらなかったからかもしれない——。

兄者が危ない——。

それは、史進が官軍に囚《とら》われた時にも感じなかった強烈な感覚であった。

※　※

五人の猖獗兵は、甲の帯にくくりつけていた尖端に分銅のついた紐《ひも》を取って、くるくると回し始めた。そして、間隔を広げ史進を包囲するように円を描いて展開した。

史進は素早く後退し、猖獗兵の円の外側へ出る。

「手前《てめ》ぇ一人じゃ敵《かな》わないから、手下を使ってこっちの動きを封じようっていうのか。情けない奴だぜ」

史進は猝炫を挑発する。それに乗って猝炫が斬り込んでくれれば、猖獗兵五人の動きは乱れ、活路を開ける——。

しかし、猝炫は相変わらず表情を変えずに史進を見つめている。

「任務を遂行するためには手段を選ばない。左目の仇討ちよりも、まずお前を捕らえるか、倒すことが先決だ」

「ほぉ。おれを捕らえるって？」

史進はにやりと笑う。敵がそのつもりならば、仕掛けてくる攻撃には手加減がある。

「人質にしようと思っていた宋江が逃げ出したからな」

「宋江にしてもおれにしても、人質になった瞬間から、もう死んだものとされる」

「そうかな。ならばなぜ宋清《そうせい》を救った？」

「ただの百姓なのに、宋江の弟だからということだけで人質にされたからさ」

「呉用の名簿に載っていた。宿星は確か地俊星《ちしゅんせい》。梁山泊に集める豪傑たちの一人だ」

猝炫の言葉に史進は小さく舌打ちをした。

「宋江はまだ役人根性が抜けずに盗賊の仲間になることを渋っている。おれたちが策を弄してこっち側に引き込もうとしたことを怒ってもいる。そんな時に弟を殺されたんじゃ、ますます憎まれるからな」

「内幕をべらべらと喋《しゃべ》ってしまってもいいのか？」猝炫は薄く笑った。

「人が饒舌《じょうぜつ》になるのは何かを隠したい時、他人に嘘《うそ》を信じさせたい時だ。だが、喋れば喋るほど墓穴を掘る——。なんにしろ、お前はいい人質になる。お前を捕らえれば、史儷が黙ってはいないだろうからな」

猝炫の言葉が終わるか終わらないか、猖獗兵二人が分銅を飛ばした。

紐のついた分銅が真っ直ぐ史進を襲う。

史進は手近な木の裏に飛び込む。

狙いを外した猖獗兵はくいっと紐を引く。分銅が兵の掌《てのひら》に引き戻された。

三人の猖獗兵が史進を囲むように間合いを詰め、分銅を飛ばした。木の幹もろともに史進を縛りつけようとしているのだ。

史進は身を躍らせ、下生えの中を転がった。

三つの分銅が紐を引っ張りながら木に絡みついた。

史進は飛び起きて、三人の猖獗兵に向かって走る。

三人の猖獗兵は紐を放して剣の柄に手をかける。

史進は八環刀を大きく振り回す。柄が掌の中で滑り、刃が猖獗兵たちに向かってぐいっと伸びた。

その切っ先が三人の喉頸を断ち切った。

鮮血を撒《ま》き散らして猖獗兵が倒れる。

二人の猖獗兵が史進の背後に回り、分銅の紐を放つ。

史進は振り向きざま、一つの分銅を弾き飛ばした。

残った一つが史進の左手首に絡みついた。

やっと駆けつけた聶伍長と四人の北狄兵が、腰から分銅の紐を取り、史進を囲む。

史進は歯がみをして左手をぐいっと引いた。

猖獗兵は両手で紐を掴み、史進の力に抗する。

聶伍長たちが分銅の紐を飛ばす。

史進はそれを避けながら、左手を封じている猖獗兵に向かって走る。紐が緩む。

猖獗兵は慌てて紐を手繰る。

しかし、史進の動きの方が速かった。

八環刀の三尖の刃が猖獗兵の甲の胸板を貫いた。

史進はそのまま八環刀を持ち上げ、猖獗兵の体を聶伍長たちの方へ放り投げた。

四人の北狄兵の分銅の紐が飛ぶ。

二本が史進の右手と右脚を絡め取った。

桃花山兵と戦っていた北狄兵が五人、十人と史進の方へ走って来る。

生き残った桃花山兵たちの数は十人を割っていて、北狄兵は数人がかりで一人の桃花山兵と戦っていた。余った手勢が史進を捕らえるために駆け寄って来るのであった。

その手には分銅つきの紐が握られている。

小さく回転させながら、史進の周りを取り囲み、その体を狙う。

史進は八環刀を左手に持ち替え、右手右足の紐を断ち斬ろうとした。

その左手に数本の紐が飛ぶ。二本が絡みつく。

「くそっ！」

史進は左手の紐を力ずくで引っ張り、いくばくかの自由を得て、右手の紐を断った。

しかし、次々に紐が飛来し、史進の腕に、脚に、胴に、首に、螺旋《らせん》を描き絡みつく。

北狄兵たちは、ぐいっと紐を引く。

三十数本の紐が、史進の動きを封じた。

「史進さま！」

少し離れた場所で北狄兵と戦っていた楊閻長が叫ぶ。史進に加勢しようと走り出したが、北狄兵が左右から斬りかかり、それを妨害した。

三十数人の北狄兵が右回り、左回りと、史進の周りをばらばらに回転する。紐が重なり合いながら史進を縛り上げて行く。

史進は歯がみをし、なんとか手足の自由を確保しようと暴れるが、しだいにその可動域が狭くなって行く。

間もなく史進の体は、蜘蛛《くも》に捕獲された虫のように、紐で縛り上げられた。

北狄兵は互いの紐を撚《よ》り、史進をさらにきつく締め上げる。

脚の紐を持つ北狄兵たちが強く紐を引いた。

史進の脚が宙に浮き、背中から地面に倒れた。

猝炫がゆっくりと史進に歩み寄る。

革の長靴《ちょうか》で史進の顔を踏みつけ、静かな声音で言った。

「人質になった気分はどうだ？　恥ずかしかろう」

「恥ずかしがるべきは、卑怯《ひきょう》な手を使うお前の方だ」

史進は猝炫の靴の下、横目で彼の顔を睨み上げる。

「卑怯な手か」猝炫は微笑みながら史進を見下ろす。

「わたしもよくその言葉を使うが、本当は世の中に卑怯な手などというものは存在しない。相手の手を卑怯と言うのは、考えが足りず、策にはまった者の負け惜しみだ」

「ならば、必ず逃げ出してやる」

「そうは行かぬな」

猝炫は史進の顔から足を下ろし、そばにひざまずいて彼の体をひっくり返す。腰の後ろの紐の間隔を広めて袍《ほう》の裾を捲《まく》り、腰部を露《あら》わにした。

「なにをするつもりだ」

史進は身じろぎした。

「お前たちが馬に細工したのに倣い、経穴のことを学んでみた」

猝炫は縫い針を二本取り出す。それを史進の腰の左右に差し込んだ。

史進の下肢がじんと痺《しび》れた。

「なにをした！」

「これでお前は立ち上がることもできぬ」

次いで、猝炫は史進を仰向けにする。肩の辺りの紐の間隔を開ける。指先で袍の布地の上から史進の腕の付け根の筋肉に触れ、経穴の位置を確認した後に、左右のその部分に針を刺した。

「腕も動かぬぞ。左目の礼に、お前の左目を奪ってもよかったのだが、それでは人質としての価値が減るのでな。さぁ、どうやって逃げ出す？」

「貴様……」

史進は両腕、両足の痺れに歯がみをした。まったく力が入らない。

「山寨へ運べ」

猝炫は兵たちに言った。

北狄兵は紐でぐるぐる巻きにしたまま史進を抱え上げ、斜面を登った。

猝炫は、最後の二人になった桃花山兵を振り返った。一人は楊闆長であった。

返り血で汚れた二人は背中合わせになり、自分たちを囲む十人の北狄兵を睨みつけている。善戦してその数まで北狄兵を減らしたが、もうそこまでの様子であった。

楊闆長の腹には剣が突き立ち、もう一人の兵はだらりと垂らした左腕の肘から先がない。傷口から血が滝のように流れ出している。

深い手傷を負っても、なお気力は失われておらず、十人の北狄兵は間合いを詰められずにいた。

もうしばらく放っておけば、失血で弱り倒れ伏す――。

北狄兵たちはそう判断して遠巻きにしているのだった。

「どうした臆病者！」楊闆長は怒鳴った。

「我らはまだ生きているぞ。はやく首を獲《と》りに来い！」

楊閻長は史進を捕らえられてしまった慚愧《ざんき》に、体中の血が煮え立つような思いだった。腹を刺された痛みも感じない。かくなる上は、少しでも敵の数を減らし、史進を救い出しに来る仲間たちの助けにならなければ――。

「北狄軍は勇猛果敢と聞いていたが、しょせんは戦を恐れて国を逃げ出した異国人の寄せ集め。いざとなれば己の命が惜しいか！」

楊閻長の挑発に、聶伍長が動いた。

「待て」猝炫が言う。

「その二人は、もう長くない。死ぬ前に何人でも道連れを作ろうという魂胆だ。放っておけ」

「しかし……」

充分な働きが出来なかったと感じている聶伍長は不満げな顔で猝炫を振り返った。

「死を覚悟した者は相手の攻撃を恐れずに斬り込んで来るから、こちらが思わぬ手傷を負うことにもなる。無駄な戦いはせずともよい。そのまま捨て置いても、いずれ白虎山の狼《おおかみ》たちが始末しくれる」

「はい……」

聶伍長は肯いて、そばに倒れている桃花山兵の衣で剣の血を拭うと鞘に収める。

生き残った十人の北狄兵もそれに倣った。

「くそっ！　臆病者！　こっちへ来て戦え！」

楊閻長は叫ぶ。

「我らは山寨に戻る。そんなに戦いたければ、追って来ればよい」

猝炫は言って歩き出した。

聶伍長と十人の北狄兵がその後に続く。

「卑怯者！」

楊閻長はよろよろと足を進めたが、数歩で倒れた。

もう一人の桃花山兵はその場に崩れ落ち、浅く速い息をした。

「史進さま……。申し訳ございませぬ……」

楊閻長は下生えに顔を埋めて啜《すす》り泣いた。

四

遠くない場所から聞こえていた戦いの音が止まった。

史儷は全身に冷気を感じた。

兄者は……、敗れたのか？

史儷はさらに速度を上げて森を走る。

濃い血のにおいが漂ってくる。

下生えの笹のそこここに、桃花山兵、北狄兵、正規軍兵の死骸が転がっている。

立っている者は一人もいない。

考えたくはないことだったが、官軍の姿もなく、どこからも戦の音が聞こえないということは、兄者の率いる桃花山兵は全滅したのだ。

ならば、兄者も討ち死にしたのかもしれない――。

不吉な思いを打ち消そうとすると、頭が何かに強く締め付けられるような感覚に襲われた。体に力が入らず、足元がふわふわした。

自分の体が他人のもののように感じられ、まるで魂が抜け出してしまったようである。

史儷は戦の跡を走り回る。

桃花山へ戻るでもなく、白虎山の山寨に向かうわけでもなく、ただ血に濡《ぬ》れた下生えを掻き分けて、死骸の着衣、甲を確認している――。

わたしは兄者の遺骸を探しているのか――。

史儷はぼんやりと考えた。

不安や恐怖を心の奥底に閉じ込めようとするあまり、感覚がおかしくなっていることに気づいた。

わたしはなにをしている。ここは敵の手に落ちた地だ。感覚を研ぎ澄ませておかなければ、命を落とすぞ――。

史儷は立ち止まって深呼吸を何度か繰り返した。

生々しい血のにおいが鼻腔《びこう》を貫き、脳髄を直撃した。

史儷はぶるぶるっと頭を振った。

魂が体の中に戻ったと感じたのと同時に、強い不安が噴き上がった。

不安とも恐怖とも、そして肉親の死とも真正面から向き合わなければならない。

史儷は丹田に力を込めて、死骸の着衣をあらためて行った。だが、史進の甲は見あたらない。

微《かす》かな呻き声が聞こえた。

史儷はそれを辿って下生えの中を歩く。

大勢の死骸が転がる辺りから少し離れた所に二人の桃花山兵が倒れていた。一人は兵卒。一人は閭長の甲を着ている。

兵卒はすでに事切れているようだったが、閭長の方は息をしているのが分かった。

史儷は閭長の元に駆け寄った。

楊閭長であった。甲の腹に剣が突き立っている。史儷はそばにひざまずき、声を掛けた。

「楊閭長。わたしだ。史儷だ。分かるか?」

楊閭長は薄く目を開けて史儷を見上げた。

「ああ……。史儷さま……。申し訳ございませぬ。史進さまを捕らえられてしまいました……」

「兄者が捕らえられた……」

史儷は強い緊張が解けていくのを感じた。

兄者は死んではいなかった。捕らえられたのならば、奪い返す好機を見つければよい。

「そうか――。捕らえられたのならば、それは兄者が弱かったからだ。お前が謝ることはない」

史儷の言葉に楊閻長は弱々しく笑った。

「その言い方は酷でございましょう」

「それよりもお前のことだ。傷の具合はどうだ？　腹の中に血が溜《た》まっている感覚はあるか？」

「それほどでもございませぬ。刃は太い血管を避けて刺さっているようでございます」

「よし。それならば、剣を抜いて止血をするぞ。わたしは慣れていないから抜く途中で血管を傷つけてしまうかもしれない。わたしに命を預けるか？」

「史儷さまに命を預けられるのであれば望外の喜びでございますよ」

「ばか」

史儷は言って剣の柄に手をかけた。用心しながら真っ直ぐに抜く。

楊閻長は歯を食いしばって痛みに耐える。

甲の隙間から血が溢《あふ》れだした。

史儷は急いで楊閻長の甲と袍を脱がせた。左脇腹の傷から血が溢れて来る。噴き出すような出血ではない。

袍を折り畳んで傷口に当て「強く押さえていろ」と言って楊閻長の手をその上に置く。

史儷は甲の胸元から手を入れて、胴に巻いたサラシを解き、引き出す。それを手早く楊闊長の腹に巻きつけ、きつく縛った。

「桃花山まで気をしっかり保てば、生き延びることができる。北狄兵に敗れたことが悔しければ、養生して傷を癒し、また戦え」

「言われるまでもございませぬ。史儷さまに助けていただいたからには、必ず生き延びて耶律猝炫を討ち取ります」

「猝炫——。猝炫が現れたか？」

その名を聞いた瞬間、師を殺された怒りが蘇った。

「はい。史進さまは猝炫に捕らえられたのでございます」

「そうか。猝炫が兄者を連れ去ったか——」

その時、史儷はすぐそばに史進の三尖両刃四竅八環刀が落ちているのに気づいた。史儷はそれを拾い上げる。

「これを預かってくれ」八環刀を楊闊長に渡した後、史儷は彼に背中を向ける。

「おぶされ」

「滅相もない！　自分の足で歩けまする」

楊闊長は強く首を振った。

「のろのろと下山するのにつき合っている暇はない。いいからおぶされ」

「はい……。もったいのうございます」

楊閻長はおずおずと史儷の背に体を預けた。

史儷は楊閻長をおぶうと、立ち上がった。そして、軽やかな足取りで斜面を駆け下りた。

※　　※

史進が捕らえられた日の深更。

白虎山の山寨から二人の密偵が駆け出した。師巫《しふ》迭里《てつり》と沙陀《しゃだ》である。

史進、史儷の追跡や宋江の護衛などを命じられた男たちであった。いずれもまだ若く、少年のような顔立ちをしている。

開封へ向けての伝令であった。

迭里は殿前司都指揮使《でんぜんしとしきし》高俅《こうきゅう》への、沙陀は枢密院太尉《すうみついんたいい》童貫《どうかん》への書状を携えている。

童貫へは白虎山を奪取した知らせ。高俅へは史進を捕らえたという知らせである。

高俅が、史進を捕らえたという知らせを受ければどういう行動をするか。猝炫はそれに興味があった。

高俅は史進を味方につけたいと望んでいる。それは猝炫が史進、史儷の追跡を命じられた時から分かってはいたが——。

高俅は少華山《しょうかざん》討伐の折りに初めて史進を知った。あの時点で高俅は、呉用の名簿の存在を知らなかったはずだから、高俅にとって史進は、ただの活きのいい田舎の若者にすぎなかった。盗賊と連《つる》んでいたにしても、殿前司都指揮使の気持ちを動かすものはなにもなかったはず。にも拘《かか》わらず、高俅はみずから夕飯を運び、しばらくの間話し込んでいたという。史進のなにが、高俅にそのような行動をとらせたのか？

史進が逃げ出して、以後、二人は会っていない。しかし、自分が史進を捕らえた。

その知らせを受ければ、高俅は開封から飛んでくるに違いない。

再会した史進と、高俅はどんな話をするのか？

猝炫はそれを確かめたかったのである。

迭里と沙陀は白虎山を出て、済南に向かって馬を走らせた。兵糧を載せて来た船の帰りに間に合えば、それに乗って済水を上り、開封へ向かおうと考えたからである。

白虎山と済南のちょうど中間辺りに来た時――。

闇の中に幾つもの篝火《かがりび》を見た。

平原に街道が真っ直ぐに延びていて、人家はない。

二人は用心しながら茂みや小さな林に身を隠しつつ、篝火に近づいた。

篝火は、陣の灯《あか》りであった。

帷幕《いばく》や天幕を張ったそこには、数百の兵がいた。雑多な甲冑から、官軍でないことは明らかだった。

さらに近づくと、酒盛りの下卑《げび》た騒ぎが聞こえた。

話の内容から、陣にいるのは京東東路の北部の盗賊たちだと分かった。幾つかの小さな山に山寨を持つ盗賊たちが、共同で一つの陣を張っている様子であった。暗い中であるからはっきりとはしなかったが、陣の大きさから天幕の中で寝ている兵も合わせれば五千ほどが宿営しているのではないかと思われた。

兵站《へいたん》を塞ぐ兵略だ――。

密偵たちは青くなった。

この街道を封鎖されれば、白虎山の討伐軍は孤立する。いつまで経《た》っても兵糧、武器の補給はなく、不利な籠城戦を強いられることになる。

迭里と沙陀は話し合って、一人が白虎山へ戻り、この事態を知らせることにした。迭里が白虎山へ、沙陀は童貫への書状を持って別の道を急ぐ――。そういう手筈を決めて、二人は別れた。

※　※

迭里が街道の封鎖を知らせに白虎山へ戻った時、節堂には、部曲将（千人隊長）と閭長（百人隊長）らが集まっていた。

「兵站を断たれたか……」

迭里の報告を聞き、馬衍《ばえん》部曲将は唇を噛んだ。

「開封から登州までの陸路がございます。伝令を出して、そちらから兵糧を運ばせましょう」

大部曲将が言う。

「敵もそのあたりは抜かりあるまい」猝炫が言う。

「おそらくその道も封じられている」

「ではこのまま籠城でございますか……」

聿《いっ》部曲将が言う。正規軍の部曲将たちは顔色を青くしている。

「迭里」猝炫が落ち着いた口調で言った。

「すぐに沙陀に追いつき、開封へ向かえ。枢密院太尉（童貫）にも殿前司都指揮使（高俅）にも、街道を封鎖されたことをしっかりと話すのだぞ」

「承知いたしました」

迭里は肯き、節堂を走り出た。

「果たして援軍を送ってくれましょうか」

馬衍が難しい顔をして腕組みする。

「枢密院太尉はどうか分からぬが、殿前司都指揮使は動く」猝炫は答えた。

「史進を捕らえたのは好都合であった」

「史進を捕らえたことで、援軍を出してくださると？」

「おそらく、御自ら大軍を率いて出馬なさるであろうよ——。まずは、白虎山の守りを固めよ。壊れた土塁、柵はすぐに直せ。兵糧は一箇所に集めて見張りを増やせ。武器にしろ、兵糧にしろ、盗んで蓄えようとする者は容赦なく斬れ」

「近隣の村から兵糧を集めて参りましょうか？」

正規軍の部曲将の一人が遠慮がちに言った。瓊《けい》という名で、少華山討伐にも加わった男である。

「やめておけ。なにを混ぜられるか知れたものではない」

馬衍が首を振った。

部曲将たちは部下たちに指示を出すために節堂を出た。

一人残った猝炫は腕組みをして考え込む。

果たして、高俅は間に合うだろうか——？

何度かの衝突で、討伐軍は五千五百から四千ほどに減っていた。

攻城戦は、籠城する軍の五倍、六倍の兵力を必要とする。山東四山を会わせても二万を越える軍にはならないだろう。だが、梁山泊軍が加われば——。

梁山泊にはぞくぞくと豪傑や盗賊らが集まっているという。今、どれだけの兵力となっているのかはまるで分からない。

何度か密偵を放っているが、帰ってきた者は一人もいないからである。

一旦、済南まで退くことも一つの手だ——。

街道を塞いでいる軍は五千。こちらは五千に満たない兵力だが、敵は盗賊団の寄せ集めだという。ならば、一気に攻め寄せれば必ず突破できる。

白虎山に籠城するよりも、済南に陣を張った方が開封からの補給を受けることができる。

しかし、その手を選べば、北狄軍は盗賊どもの襲撃を恐れ、せっかく獲った白虎山を手放して尻尾《しっぽ》を巻いて逃げたと言われるだろう。

せっかく育て上げた北狄軍の評判を落とすことになる。敵前逃亡をしたとして、全員が処刑されるということも、充分あり得る。だらけきった官軍の綱紀粛正を行うには、いい見せしめとなるだろう。

まずは白虎山を死守するしかない。

その上で、街道の封鎖を破り兵站を復活することができるか――。

猝炫は、椅子の肘掛けに肘を置き指先で額を押さえ、目を閉じて考えを巡らせた。

※　※

史進は煉瓦《れんが》造りの牢獄《ろうごく》に放り込まれていた。全裸である。両腕と下半身の経穴に針を刺され、麻痺《まひ》しているので大小便が垂れ流しになるからであった。

ついさっき若い兵が現れて木の床を掃除し、史進の下半身の汚れを浄めた。

屈辱感に、史進は声を出すことも出来なかった。

若い兵は史進を怖がることも嘲笑《あざわら》うこともせず、黙々と布で史進の体を拭い、床の掃除をして去った。

兵の足音が遠ざかると、史進は呻き声を上げた。

流すまいと堪《こら》えていた涙が目尻を濡らし、こぼれ落ちた。

耶律猝炫。絶対に許さない――。

師を殺し、おれをこんな目に遭わせたお前を、必ず縊《くび》り殺してやる。

耐えろ、進――。

この屈辱を、恨みを、生き抜く力にするのだ。

史進は自分に言い聞かせ、歯を食いしばり喉から絞り出される呻き声を口の中に留めた。

※　※

白虎山の山寨に食べ物のにおいが漂った。微かに酒のにおいもしたが、浮かれ騒ぐ声は聞こえなかった。

猝炫は塩漬けの羊肉を茹《ゆ》でたものを一皿平らげて夕食を終えた。

「猝炫さま」

兵が節堂の入り口で最敬礼した。白虎山の一の関門の伝令であった。

「青州の統制（征討軍指揮官）、秦明と名乗る男と、同じく青州の都監（州軍総指揮官）、黄信と名乗る男が来ております」

「青州の？」猝炫は眉をひそめた。

「なんの用があって白虎山へ来た？」

「詳しいことは、猝炫さまにお会いして申し上げるとのことで」

「軍を率いて来たか？」

「騎兵五十騎ばかり」

「五十騎か――」嫌な予感を覚えながら、猝炫は言った。

「よし。連れて参れ」

騎兵五十騎は、援軍にしては少なすぎる。だいいち、青州が援軍を出すはずはない。青州が斥候を出して白虎山の戦いを偵察させていたとしても、討伐軍が勝利して山寨を占拠したとしか見えなかったろう。街道を塞がれ兵站を断たれ、白虎山に籠城せざるを得ない状況になっていることなど知るはずはないのだ。

ならば――。

青州になにかあったのだ。

猖獗隊の兵四人が、二人の武人を連れて現れた。

猖獗兵は、武人たちの得物らしい武器を預かっている。一つは先太の棒に無数の棘が突きだした狼牙棒。もう一つは大剣である。

その武器を見て、猝炫は二人を思い出した。狼牙棒を使うのは秦明。大剣はおそらく喪門剣――。だとすればそれを使うのは黄信だ。

二人とも、呉用の名簿に載っている。

猝炫は警戒しながら二人を迎えた。

秦明と黄信は最敬礼して、所属と氏名を名乗った。

「それで――。なぜ白虎山へ来た？」

「青州は梁山泊に降伏いたしました」

秦明が悔しそうな表情で言った。

「なにっ？」

猝炫は思わず椅子を立った。

「梁山泊軍は、沂州を無血開城させた後、青州に攻め寄せて来たのでございます」

「沂州城も落ちたというのか――？」

猝炫は呆然《ぼうぜん》とした。

「のみならず、ここまで来る間の町で、梁山泊は海州、膠州《こうしゅう》、萊州《らいしゅう》なども落としたという噂を聞き申した」

黄信が言った。

「なんということだ……」猝炫は崩れ落ちるように椅子に座る。

「山東の州を軒並み落としたというのか？」

「海州、膠州、萊州についてはあくまでも噂でございます。しかし、沂州については確かでございます。青州に攻め寄せて来た梁山泊軍の中に、沂州軍の兵も混じっておりました」

「いずれの州城も――」秦明が言う。

「道を塞がれて開封へ伝令を走らせることもできず、降伏すれば今まで通りの暮らしを約束するという言葉を信じて城門を開けたとのこと。青州城もその一つでございます」

「山東四山に朝廷の目を向けて置いて、裏でそういう兵略を進めていたのか……」猝炫は唸った。

「もしその話が本当ならば、山東の東側半分以上は梁山泊が占領してしまったことになる」

「白虎山は、奪われた山東奪還の重要な橋頭堡《きょうとうほ》となりましょう」秦明は言う。

「死守しなければなりませぬ。たった五十騎しか脱出出来ませんでしたが、微力ながらお手伝いできればと、馳《は》せ参じたしだいでございます」

「なるほど、白虎山が橋頭堡となるという考えは正しい」秦明は頭の切れる男のようだ――。

　猝炫はそう思いながら黄信に顔を向ける。

「青州の黄信といえば、鎮三山《ちんさんざん》と呼ばれた男であったと聞く。今まで自分の力で桃花山、清風山、二竜山を押さえてきたと豪語していたようだが、白虎山が加わり四山になったことで鎮四山と呼ばれたいと思っていたのではないか？　そこに我ら討伐軍がしゃしゃり出てきて、内心面白くない。そんな矢先、青州が梁山泊に降伏し、ますます面白くない。違うか？」

　猝炫に訊かれて、黄信は顔を赤くして口を真一文字に結んだ。どうやら図星のようであった。

「仰せの通りでございますが――」黄信はぶすっとした顔になって言う。

「討伐軍の助っ人となり、暴れに暴れて山東四山を落とせば、鎮四山の名はおれのものになりましょう」

「確かにその通りだな」猝炫は笑う。

「だが、その前に腕試しをしてみたい」

「腕試しでございますか？」

　秦明が片眉を上げた。

「そうだ。今、済南への街道を盗賊ばら五千が封鎖している」

「済南への街道を――。兵站を塞いでいると言うことでございますな」

「そうだ。枢密院太尉と殿前司都指揮使にはすでに知らせてある。もうすぐ援軍が駆けつけて来るであろうが、その前に街道の掃除をしておきたい」

「なるほど――」秦明は少し考えて答えた。

「承知いたしました。しかし、いかに相手が盗賊らであろうと、五十騎で五千にうち勝つのは難しゅうございます。兵はいかほど貸していただけましょう」

「幾ら欲しい？」

「そうでございますな――。正規軍の兵を一千ほど」

「北狄軍は使えんと申すか？」

猝炫の目がぎらりと光る。

「いえいえ」秦明は微笑む。

「白虎山の戦いにおいて、北狄軍がどのような戦いぶりであったか、また、正規軍がどのような戦いぶりであったかは容易に想像出来まする」

「想像できるのなら、なぜ正規軍を選ぶ？　異国人は使いづらいか？」

猝炫は冷笑した。

「耶律将軍」秦明はまっすぐ猝炫を見つめた。

「将軍は意外に狭量でございますな」

「なに？」

猝炫の表情が険しくなる。

「宋国の者たちがすべて異国人を人別《ひとわき》（差別）するというお考えもまた人別でございましょう。宋国人であろうが、遼国人であろうが、西夏《せいか》、女真《じょしん》、靺鞨《まつかつ》の者であろうが、関係なしにつき合う者もおるのでございますよ」

「うむ……」猝炫はばつの悪い顔になる。

「なるほど、そういう者もおるであろうな」

「わたしが、そういう者でございます」

秦明は慇懃《いんぎん》に頭を下げる。

「ならば、正規軍を使いたいという意図は？」

「正規軍にただ飯を食らわせることもございますまい。少しは働いてもらわねば、兵糧ばかりが減りましょう」

「そういうことか」

猝炫はくすくすと笑った。

「もう一つ。怠け者とは、手を抜いていても食って行けるということを知ってしまった者がなるものでございます。そういう者たちには、努力をすればさらにいい思いが出来るという経験をさせなければなりませぬ。討伐軍の正規軍は、北狄軍を頼りにして戦っておりましょう。だから攻めも守りも甘くなり、盗賊ばらに討ち取られてしまうのでございます。

北狄軍がいなくとも、自分たちの力で勝利を勝ち取ったという経験をさせておきませぬと、これからの戦で役に立ちませぬ」

「なるほど、道理だ――。よし、正規軍一千を貸そう」

猝炫の言葉に、秦明、黄信は深々と頭を下げた。

五

史儷が楊闆長を桃花山に運んだ時、すでに梁山泊から医師の安道全《あんどうぜん》が来ていて、大きな兵舎に重傷者を集めて治療に当たっていた。

楊闆長の身を安道全に託すと、史儷の胸に強い不安が蘇った。

兄者は無事だろうか――。

以前、高俅の率いる官軍に捕らえられたのは、こちらの策略であった。助け出す算段もしており、気心の知れた配下もいた。だから、大きな心配はしなかった。しかし、今回は違う。

兄者を捕らえたのは百戦錬磨の北狄軍。もし、兄者からなんらかの情報を引き出そうと考えれば、残酷な拷問も辞さないだろう。

そう考えると、鞭《むち》で打たれるような幻の痛みが全身に走るのであった。

お互いに、足手まといになる時には、遠慮なく命を取る――。それは、史家村《しかそん》を捨てて大きな戦いの渦に飛び込んだ時からの、暗黙の了解であった。二人とも、相手が自分の大きな弱点であることを知っていたからである。

人質になったならば見捨てる。

そうすべきなのは分かっていた。

敵は強大な宋国である。こちらは無勢というのもおこがましいほどに少ない兵力。虜囚となった者をそのたびに救い出していてはとうてい勝利は望めない。

誰かが兄者を救い出そうと言ったならば、『そのようなことは無用』と言い放つのが自分の役目である。

それは分かってはいたが、見捨てることなど出来ないということもまた、分かっていた。

腹立たしかった。

冷酷になりきれない自分への腹立ちである。

兄者ならばどうするだろうか――。

やはり、わたしを見捨てることなど出来ないのではないか？

史進が『儷を救い出すことなど考えなくてもよい』と言い放つ姿を想像して、史儷は小さく身震いした。

兄者もまた、わたしが自分を見捨てる所を想像して震えているのではないか？

そう思うと胸が張り裂けそうになった。

「くそっ」

史儷は吐き捨てるように言うと、安道全と共に梁山泊から桃花山を訪れている呉用の姿を探した。

山寨の広場には、白虎山を脱出した者たちが集まっていた。宋江、武松、孔明、孔亮の姿もあった。一の首領の李忠、二の首領の周通、孔太公らが桃花山の兵と共に軽傷を負った者たちの手当をしていた。

呉用は、近くの四阿《あずまや》でのんびりと茶を啜っていた。

その姿を見ると、むらむらと怒りが沸き上がった。史儷は四阿に踏み込んで、呉用の襟首を摑んだ。

「なにをする。乱暴な！」

呉用は茶碗《ちゃわん》を取り落とす。

「いいから、来い」

史儷は呉用を節堂へ引っ張って行く。

史儷のただならぬ様子に、首領の李忠や宋江たちは驚き、その後に続いた。

じたばたと暴れる呉用を節堂の椅子に着かせると、史儷は言った。

「兄者が囚われた」

「なんだと？　史進が？」

呉用は眉根を寄せた。

入り口で様子を見守っていた宋江たちは節堂に入り、席に着いた。

「それは……、気の毒なことをした」

宋江は唇を噛んだ。

「なんとかしたい。知恵を出せ」

史儷は切迫した口調で言った。

「人の知恵をあてにせずに自分で考えればよいではないか。史進が捕らえられたのならば、それは、奴の失態だ。間に合わなかったお前も悪いし、お前が担ぎ込んだ楊閻長も不甲斐ない」

呉用は言った。

史儷の頭にかっと血が上った。

拳が風を切った。

肉を打つ鈍い音が響き、呉用が椅子ごとひっくり返った。

呉用は床に伸びて気を失った。鼻腔からゆっくりと血が流れ出す。

宋江が駆け寄って呉用を助け起こす。布で鼻血を拭ってやると、呉用が目を覚ました。

「な……、なにをする！」

呉用は怒鳴って立ち上がった。

「呉用」呆れた顔で言ったのは武松であった。

「今のはお前が悪い」

「どこが悪い！」

呉用は鼻を布で押さえながら、いきり立って武松に詰め寄った。

「世の中には、頭がいいくせに人の気持ちを察することが出来ぬ奴がいるもんだが、お前がそれだ。だから言っても分かるまい。これから誰かに殴られるたびに、自分は人の気持ちを察することが出来なかったのだと思え」

武松に言われて呉用はぶつぶつ言いながら椅子を戻し、座り直した。

「捕らえられたのならば、人質にするつもりであろう。しばらくの間、史進の命が奪われることはない。だが、救い出しには行かぬぞ。その行動そのものがこちらの弱みになる。人質を取って救出部隊をおびき寄せて罠に掛ける——。それが敵の常套《じょうとう》手段となる。人質は救わない。その態度を明らかにしておくことが必要だ」

「そうも行くまい。囚われたのは史進だ」武松が言った。

「将が囚われても救いにも行かぬとなれば、兵たちは不安になる」

「ばかな」呉用は笑う。

「人の心が分からぬのはお前の方だ。兵卒の捕虜は見捨てられるのに、将ばかり救いに行くとなれば、それこそ不満に思うぞ」

「雑兵というものは健気《けなげ》なものでな」李忠が言った。

「長い下積みの中で、自分の価値をよく知っている。自分が捕らえられても助けは来ないことくらい覚悟しているのだ。『仕方がない』ということを身に染みて知っているのさ。世の中は不平等で、人の価値というものは一人ひとり違うことをよく知っている。だから、牢獄の中で味方が勝利し自分が解放される時を待つのだ。いざとなれば寝返るという手もある。寝返ったと見せかけて敵陣を逃げ出すという手もある」

「だからこそ、将ばかりを救おうとすれば不満に思うと言っているのだ」

「雑兵は不平等を知っていると言ったろう。奴らにとって、将は雲の上の存在。安心してついていける将に対して、百姓が土地神に感じるのと同じ思いを抱く。百姓は土地神がぞんざいに扱われれば怒る。雑兵たちも同じだ。自分が敬愛する将が虜囚になってしまった時、軍がそれを見捨てれば腹を立てる」

「呉用」武松が口を挟む。

「お前が史進を見捨てるというならば、自らの口で山東三山の兵たちに説明しろ。ほれ、その賢い頭で、自分が兵たちの前で『史進を見捨てる』と宣言している場面を想像してみるがいい。なにが起こる？」

武松に言われて呉用は腕組みをし、目を閉じた。数瞬の後、呉用の顔は青ざめた。

「分かった」

呉用は鳥肌の立った両頬を撫《な》でると短く言った。

「さて――」李忠が言う。

「史進を救うならば、白虎山に忍び込むしかあるまいな」

「ただちに我らが向かいます」

孔明は、孔亮と顔を見合わせ肯いた。

「まて。今はまだ厳重な警戒をしているだろう」宋江が言う。

「もう少し間を開けて、向こうが油断した頃を見計らって助け出すのがよい」

「いや」首を振ったのは孔太公であった。

「本陣を白虎山に移したからには、戦いで壊れ、焼亡した土塁、柵、建物の再建をする。その間、山寨は落ち着かない。昼間は重労働。夜は疲れを癒すために酒盛り。史進どのを助け出すなら今であろうと考えるが」

「うむ……」

宋江は腕組みした。

「孔太公の考えにも一理あるな」気を取り直した呉用は言った。

「官軍は白虎山に入ったばかりで、まだ地の利がない。すべての裏道を把握される前に行動した方がいいかもしれん」

「わたしと孔明、孔亮で行く」史儷が言った。

「桃花山の手練れ、五十人を借りる」

「己の山寨のことでなんだが……。桃花山にはたいした手練れはおらぬぞ」李忠は渋い顔をした。

「二竜山、清風山から借りよう」

「いや」と史儷は首を振る。

「郭《かく》閻長とその部下でいい」

郭閻長は白虎山の荷駄隊を護衛した男である。

「方閻長は討ち死に。楊閻長は大怪我《おおけが》。頼りになるのは郭閻長くらいだからな」

李忠は肯く。桃花山にはあと三人の閻長がいたが、武芸の腕前は中の下といったところであった。

「すぐに行く」

史儱は立ち上がる。孔明、孔亮も椅子を立った。

「青州を落とした晁蓋から、本日萊州を落としたという知らせがあった」呉用が言った。

「登州を落とせば、山東の支配は完了だ。すぐにこちらの軍に合流し、白虎山の官軍を殲《せん》滅《めつ》する。その前に史進を救い出せ」

「今日、萊州を落としたのか？」節堂を出ようとして史儱は足を止めた。

「その知らせが今日来たのか？　早馬にしても早すぎる」

「サシバを使った」

呉用は言った。

「サシバ？」

「鷹《たか》だ。サシバは渡りをする。それを飼い慣らして、書状を運ぶことを学ばせた。サシバは一日で九百里（約五〇〇キロ）を飛ぶ。登州と梁山泊の間などあっという間だ」

「鷹を伝令に使うか」宋江は感心したように言った。

「よく考えたものだ」

「渤海《ぼっかい》遺民の末裔《まつえい》から教えられた。梁山泊で飼い慣らし、どこから放しても、梁山泊に戻るよう調練した」

「晁蓋の軍が合流するまでには兄者を救い出す」

史儮は言って節堂を出た。孔明、孔亮は一礼して史儮を追った。

※　　※

牢獄の外で声がした。

史進は薄く目を開ける。壁の高い位置にある小さな窓から見える空には星が輝いていた。

扉が開き、偉丈夫の影が二つ、牢獄に入ってきた。頑丈な材木で組まれた格子の向こうにその二人が座り込む。

「お前が史家村の史進か」

呟くような声が聞こえた。

「そう言うお前は誰だ?」

手足が痺れて動かない史進は、腹筋の力だけで身を起こした。

「鄆城県《うんじょうけん》の都頭、朱仝《しゅどう》という者だ」

「同じく、雷横《らいおう》」

「ああ……。宋清にくっつけられていた二人か。なんの用だ? 惨めな姿を見物に来たか?」

「いや……」朱仝が困ったような口調で言う。

「おれたちに、なにか出来ることはないかと思って来た」

「出来ること?」史進は片眉を上げる。

「お前たちは捕らえた側だ。痛めつけるなり、卑しめる言葉を吐くなり好きにすればいい」

「そうではない」朱仝が慌てたように言う。

「おれたちは官軍だが、お前に対するこの仕打ちには納得できぬ。史家村の九紋龍《くもんりゆう》の兄妹《きようだい》の噂は鄆城県にも聞こえていた。虜《とりこ》になったとはいえ、名のある豪傑を辱めるべきではない——。しかし、将軍がしたことに楯突くわけにもいかぬ。だから、おれたちが出来る範囲で、なにかやってやれることはないかと思って来たのだ」

「なにか食いたいものはないか? 酒と肴《さかな》くらいは持ってきてやれるぞ」

雷横が言った。

史進はふっと笑う。

「おれは囚われの身でいるうちは、なにも食わぬ、なにも飲まぬと決めた。腹の中に食い物、飲み物が入っているうちは、出る物が止まらぬからな。敵に下の世話をされたくはない——。官軍であるお前たちに出来ることはなにもない」

「すまぬ……」

朱仝は項垂《うなだ》れるように頭を下げた。

暗いので表情は見えなかったが、絞り出すような声であった。

「おれを憐《あわ》れみ訪ねてくるほどの義俠心《ぎきょうしん》を持っているのならば、なぜ官軍にいる?」

「おれたちは鄆城県を守る者。その仕事に誇りを持っている」

「ならば鄆城県にいればよかったではないか」

「鄆城県は宋国の土地だ。朝廷に山東四山の盗賊を討てと言われれば、それに従わなければならぬ」

「その朝廷が悪だとしてもか?」

「政《まつりごと》に逆らう者が悪なのだ」

「拠り所が悪ならば、本来善なるものも悪に変わるということか」

史進は笑う。

「朝廷を悪と断じることはできまい。広大な宋国を治めているのだ。悪なるものの出来ることではない」

「その宋国のあちこちで反旗を翻す者が続出しているということは、政道が間違っているということにならないか?」

「うむ……」

「お前たちは目の前にある道を歩いているだけだ。幾つも枝道があるのに見向きもしない。自分の目の前に伸びている道が正しいと思いこんだ方が楽だからだ——。もっとも、おれの所に来たのは、もしかすると枝道の方が正しいのではないかと思い始めているからかもしれんがな」

「難しいことは分からんが」雷横が言う。

「お前にこういう仕打ちをすることは間違っていると思う」

「ならば、正しいと思うことをしてみろ」

史進は雷横の影を見つめて言った。

「うむ……」

雷横は唸った。

しかし、動き出そうとはしない。

「出来ぬのであれば、去れ。お前たちと話し続けていれば、惨めな気分が増すだけだ」

史進にそう言われても、しばらくの間、朱仝と雷横は牢の前に座っていた。

史進はゆっくりと床に横たわる。

二人の豪傑は諦めたように立ち上がり、出て行った。

※　　※

夜が更けても、白虎山の篝火は消えなかった。山のあちこちで土塁や柵、建物を修繕する音が続いている。

史儷と郭閏長と五十人の兵は、孔明、孔亮の案内で山寨のすぐ側にまで近づき身を隠していた。

史進が囚われているのはおそらく、兵舎近くの牢獄であろうと考え、東側の斜面に身を隠していた。

史儷の中に微かな後悔が首をもたげている。

気が焦って、ここまでの道程を急ぎすぎた。もう少し周囲に気を配っておけばよかったと考えていたのである。

牢獄のそばに辿り着くまで、一人の歩哨《ほしょう》にも出合っていない。あまりにも警備が薄すぎる――。

そう思っていた時、周囲を数十人の気配が取り囲んだ。

史儷は舌打ちした。

「ぬかったな――」

郭閻長と部下たちもそれに気づき、剣を抜き放って身構えた。孔明、孔亮は桃花山兵たちの動きを見て、慌てて剣を抜いた。

「兄妹揃《そろ》って人質か」

闇の中から声がした。

黒々とした兵舎の陰から、人影が歩み出た。微かな篝火の灯りに、耶律猝炫が照らされた。

史儷たちの周りに五十人ほどの黒い甲冑の兵が現れた。

「人質にはならぬ」史儷は言った。

「捕らえられそうになったら死ぬ覚悟だ」

「兄よりも潔いな」猝炫は鼻で笑う。

「まぁ、今のところ人質は一人で充分。史進だけで足りぬと分かったら、捕らえてやる」

「捕らえられるものか」

「いや。お前は今から伝令となってわたしの言葉を山東三山に伝える。もし三山の首領どもがこちらの条件に肯かなければ、お前はまた兄を救い出しに来る。たとえ一人でもな」

「条件とはなんだ？」

郭閻長が訊いた。

「山東三山を明け渡せ」

「話にならぬな」

史儷は吐き捨てるように言った。

「史進は今、経穴に針を刺され動きを封じられて、大小便も垂れ流しよ。まぁ、体に傷はつけておらぬから、それくらいの屈辱、なにほどのものでもあるまいが、そのような惨めな姿でおくのも気の毒であろう？」

猝炫は革の仮面の下の、史進に奪われた左目を差した。

史儷は強く奥歯を噛みしめた。

兄者はそのような辱めを受けているのか――。

怒りで目の前が赤く染まったように思えた。

「捕らえた将を辱めるなど、夷狄《いてき》でなくてはできぬな」

郭閻長が猝炫を睨む。

孔明が唾を吐く。

「心外だな。官軍はもっと酷《むご》い仕打ちを虜囚にする――。さぁ、史進を返して欲しくばすぐにほかの三山を明け渡せ」

そのような条件を飲むわけにはいかない。山東三山は兄者を見捨てるしかない。

とすれば――。

猝炫の言った通り、たとえ一人でも兄者を救い出しに来ることになる。

いや――。

それが分かっていて、むざむざわたしを桃花山に帰すことはしないだろう。

ならば――。

史儷は右手を剣の柄にかけた。

猖獗隊が五十人。こちらの兵も五十人だが、敵う相手ではない。すぐに殲滅されてしまうだろう。五十人を無駄死にさせてしまうことになる。

史儷は強く唇を嚙んだ。

心を乱してしまったことが悔やまれた。

史進が自分の大きな弱点であることを痛感した。

わたしと郭閻長でどれだけ戦えるか――。

史儷は剣を抜いた。

「卑怯者め！」

その時、すぐ近くで扉の開く音がした。

その場にいた者たちは、さっと音の方へ視線を向ける。

大きな人影が二つ、牢獄の建物から現れた。

朱仝と雷横であった。

「お前たち、そこでなにをしていた？」

猝炫が鋭く訊いた。

朱仝と雷横は顔を見合わせる。

一瞬遅れて朱仝が答えた。

「史家村の豪傑、五紋龍の史進と話をしたいと思いまして……」

「将軍こそ、そんな所でなにをしておいでで？」

雷横は猝炫と史儷、猖獗隊と桃花山兵が対峙しているのを見て取り、慌てて斜面を駆け下りた。朱仝もそれに続く。

「この女は――、もしかして、四紋龍《しもんりゆう》の史儷でございますか？」

雷横は史儷を見る。

史儷は眉間に皺を寄せる。

「兄を助けに来たのか？」

朱仝が訊く。

史儷は答えない。

「それを罠にかけたのでございますか？」

朱仝は猝炫を振り返った。

「そうだ」

猝炫は答える。

「兄妹の情を利用して罠にかけるというのは感心できねぇな」

雷横は顔をしかめて頭を掻く。

「そのための人質だ」

猝炫は言う。

「ああ！　もう我慢できねぇ！」

雷横は叫ぶ。

猝炫はさっと間合いを開けて剣に手をかけた。

「朱仝。悪いがおれは抜けるぜ」

「雷横……」

朱仝は啞然《あぜん》として雷横を見た。

「史儷。ひとまず退いて仕切り直そうぜ」

雷横は史儷の横に立って言った。

「官軍を裏切ると言うのか？」

史儷は油断無く雷横を見る。

「毎日胸くそが悪くなる思いをしているのに飽き飽きしたんだ」雷横は剣を抜く。

「朱仝。そっちにつくんなら、剣を抜けよ。相手になるぜ」

雷横に言われて朱仝は唸る。

「こんなことになるのなら、史進を助けておくんだったな」

朱仝はそう言うなり剣を抜いて猝炫に斬りかかる。

猝炫は後ろに跳んで切っ先を逃れた。

朱仝はその隙に走る。

朱仝と雷横は史儷を挟むように立って猝炫と向き合った。

「耶律将軍。申し訳ないが、おれたちは史儷の方につくぜ」雷横は言った。

「猖獗隊の命を大切に思うなら、おれたちを黙って逃がせ」

「声を上げれば兵が駆けつけるぞ。多勢に無勢。お前たちに逃げ道はない」

「話を盗み聞きされて讒言《ざんげん》されるのも嫌だったから、牢獄の見張りは遠くへやった。声を上げても兵は来ない」

朱仝が言う。

「呼子は遠くまで聞こえるぞ。呼子を吹けば、白虎山中の兵が集まる」

猝炫は静かに言った。

「その前に、矢がお前の喉を貫く」

闇の中から声が聞こえた。

史儮、朱仝、雷横は油断無く剣を構えたまま、後ろを振り返った。

黒に赤い縁取りのある甲《よろい》を着た若い男が闇の中から現れた。手には鋼で造られた短い弓が握られ、つがえた矢が猝炫を狙っている。

「清風山の花栄だ。名前くらいは知っておろう。わたしは百歩離れた柳の葉を射抜く。この距離ならば外すことはない」

美しい顔の赤い唇が笑みの形を作った。

花栄は史儮の前に出て、

「呉用に頼まれた。二竜山の楊志も来ている。清風山と二竜山の兵が白虎山北麓を固めている」

と言った。

「そりゃあいい」雷横が手を叩く。

「それなら、史進を助け出そうぜ」

「いや」花栄は首を振る。

「今は無理だな」

「なぜ?」

「お前が牢獄へ走った瞬間に猝炫は呼子を吹く。わたしの矢が奴の命を断つまでのほんの短い間だが、呼子は鳴らされる」

「それなら、耶律将軍を人質にとって史進と交換すりゃあいい」

「人質になるくらいなら死を選ぶ男だ」

「うーむ」

「ここは欲をかかずに白虎山を脱出することだけを考えた方が得策だ」

朱仝が言った。

「それでいいのか？」

雷横は史儷を見る。

「五十人の桃花山兵が無傷で帰れれば、それでいい」

史儷は後ずさる。

それに合わせて孔明、孔亮、朱仝、雷横、郭閻長、そして五十人の桃花山兵も後ずさった。

猝炫は立ったまま黙ってそれを見ている。

花栄は猝炫との間合いを保ったまま弓を構え続けている。

猖獗隊の五十人は二つに割れて、史儷たちの退路を作った。

史儷たちの足音が遠ざかる。

「耶律猝炫。呉用からの伝言だ」花栄は矢を猝炫に向けたまま言った。

「間もなく白虎山の官軍は絶体絶命の危機を向かえる。その時、史進を引き渡すならば、退路を用意してやろう。それまで史進を傷つけるな」

「山東の州の兵を引き連れた梁山泊軍が押し寄せて来るか？」

「なんだ。知っていたのか」

「街道を封鎖して兵站を断とうとしていることも知っている」

「なんでも知っているようだな。ならば、お前が放った密偵が捕らえられたことも知っているか？」

花栄の言葉に猝炫は驚き、一瞬言葉を失った。

「それは知らなかったようだな。開封へ向かう裏道で、沙陀という男を捕らえた。童貫に援軍を求める書状はこちらの手にある」

猝炫は安堵《あんど》したが、表情は押し殺したままである。

まだ師巫迭里は捕らえられていない――。

「いずれ白虎山は数万の兵に囲まれる。その時に史進を引き渡さなければ、お前たち全員の死骸が白虎山の木々の肥やしになる」

「その時が来ればの話だ。こちらが史進を引き渡す条件は、山東三山の明け渡しだ」

「まぁよい。それではその時が来るのをじっと待っているがいい」

花栄は史儷たちの足音が聞こえなくなると、じりじりと後退を始める。

猖獗兵たちが花栄を取り囲もうとするが、猝炫がそれを止めた。

「お前たちの誰かが矢の道筋を塞ごうとした瞬間、花栄は矢を放つ。黙って行かせろ」

猖獗兵たちは包囲を解く。

「いい心がけだ。お前の命は一時《ひととき》、花栄の掌《たなごころ》の中にあったことを忘れるなよ」

花栄はにっと笑うと歩幅を大きくして森の闇の中に同化した。

「将軍――」

猖獗兵の一人が言う。

「追わずともよい。連中は追跡を予想して罠を仕掛けた秘密の道を行くに違いない。無駄に命を落とすことはない」

こちらは史進を人質に取っている。しかし、もうすぐ梁山泊の大軍が攻め寄せる。もし今、白虎山を捨てて逃げ出せば、背後から山東三山に追撃されるだろう。這々《ほうほう》の体で開封に戻っても、待っているのは厳しい叱責と罰だ。

まずは、高俅の軍が来るまで持ちこたえる。史進を人質にとっていることで出来上がった危うい均衡を崩さぬことだ――。

※　※

外が騒がしかった。

剣戟の音は聞こえないから、自分を助けに来た者が官軍と争っているのではなさそうだ――と史進は思った。

誰がなにを話しているのかは分からない。切迫した口調、怒ったような怒鳴り声が微かに聞こえる。

様子を見ようにも体の自由が利かない。

史進は苛立《いらだ》った。

「苛々しても仕方がない」

口に出して自分に言い聞かせる。

「気持ちをささくれ立たせるだけで、なんの得もないぞ」

言って深呼吸を繰り返した。

第四章

一

白虎山《はくこざん》北麓を囲んでいた山東三山の軍は夜明けまでに退いた。

街道を塞ぐ盗賊団の討伐を任された秦明《しんめい》と黄信《こうしん》は、猝炫《そつげん》の命令でそのまま白虎山に待機した。

緊張を孕《はら》んだかりそめの静寂が数日過ぎた。

※　※

師巫迭里《しふてつり》は、馬の騣穴《しんけつ》に針を打って全速力で走らせた。馬は駅にたどり着くと疲弊して死んだ。迭里は駅毎に馬を替え、四日で開封《かいほう》に辿《たど》り着いた。

すでに日が暮れていたが、高俅《こうきゅう》はまだ殿帥府《でんすいふ》の執務室にいた。

高俅は、迭里の報告を受け、全身が震えるのを感じた。

史進《ししん》が捕らえられた――。

あの男ともう一度話をする機会が与えられた――。

歓喜と共に、不安や恐怖のようなものも感じた。自分の体が小刻みに震えているのはそのいずれが原因であるのか、高俅には分からなかった。

昂揚《こうよう》し、乱れた思考が落ち着くと、高俅は不思議なことに気がついた。

迭里は四日前に白虎山を出た。

白虎山から開封まで最短距離をとろうとすれば、梁山泊《りょうざんぱく》の側を通ることになる。その道を避ければ、済水《せいすい》を渡り東流黄河を遡る道筋だが――、七百里（約三九〇キロ）以上はある。どちらの道を来たにしても四日では無理だ。

「お前、なにを使ってここまで辿《たど》り着いた？」

「それは……」

迭里は口ごもる。

迭里の主、猝炫にとって高俅は利用するだけの存在である。そんな男に経穴の話をしていいものだろうかと迷ったのである。馬の脚力を最大限に引き出す経穴の術は、大きな武器となる。

だが、うまい言い逃れを咄嗟《とっさ》に思いつかなかった。

「馬の経穴に針を打ちました」

迭里は仕方なく、盗賊どもが使っていた術を猝炫の軍も使っていることを話した。

「なるほど。経穴に針か――」高俅は感心したように肯《うなず》いた。

「猝炫の元に戻る前に、禁軍の馬匹医《ばひつい》にその術を教えて行け。必ずだぞ」

「はい……」

迭里は肯いた。

「さて――」高俅はいつもの落ち着きを取り戻して言った。

「補給部隊が四日前に山東へ発した」

迭里ははっとした顔になる。

「止めなければ盗賊共にやられます」

「うむ――。盗賊どもに兵糧や武器を渡すわけには行かぬな」

高俅は立ち上がった。

「迭里と申したな。この件はわたしの他にも誰かに報告したか？」

「もう一人の伝令が枢密院太尉《すうみついんたいい》の元へ」

「童貫《どうかん》も知ったか」

高俅は小さく舌打ちした。

「しかし――、その伝令とは途中で合流する予定でしたが、会うことは叶《かな》いませんでした」

「盗賊ばらに捕らえられたか」

「おそらくは」

「よし。二万騎を率いて余が出陣する。お前は先に走って耶律《やりつ》将軍にそのように伝えよ。余が着くまで、史進を傷つけてはならぬとも言っておけ――。経穴に針を打つ術を馬匹医に教えることを忘れるなよ」

「はっ」

迭里は一礼すると、着衣から土埃《つちぼこり》を撒《ま》き散らして素早く立ち上がり、部屋を出ていった。

出陣するとは言ったものの、高俅は殿前司都指揮使《でんぜんしとしきし》。近衛軍の長官であるから、開封を出ての戦は役目の外である。

少華山《しょうかざん》を討伐した時には、禁軍の武術師範であった王進《おうしん》を追捕《ついぶ》するという名目があったが――。

それに、山東を支配しつつある梁山泊の件もある。梁山泊軍は、二万騎の禁軍では敵《かな》わないほど膨れあがっているかもしれない。

「方琦《ほうき》を呼べ」

高俅は部屋の外の衛士に声を掛ける。

方琦は禁軍の兵士だが、高俅が私的に密偵の頭として使っている男であった。様々な陰謀を画策し高俅を助けている。

すぐに扉の向こうから方琦が来たことを告げる衛士の声がして、商人風の袍《ほう》をまとった中年の男が部屋に入って蹲踞《そんきょ》した。

「方琦。少しまずいことになっている」

高俅は迭里から聞いたことを方琦に告げた。

「なるほど――」方琦は首を傾《かし》げるようにして少し考えていたが、一つ肯くと高俅に顔を戻した。

「まずは、閣下が兵を出すことについてでございます――。梁山泊には、禁衛の兵である高衙内《こうがない》さまを殺《あや》め逐電した林冲《りんちゅう》がおります。林冲はかつて禁軍の武術師範でございました。林冲以外にも、禁軍の兵は多く梁山泊、山東三山へ走っております。また、林冲と同様に禁軍の師範であった王進《おうしん》も一緒にいることにすれば、禁軍の恥を雪《すす》ぐということで口実になりましょう」

「王進？　王進は猝炫によって討たれた」

「猝炫が討ったという証跡の首は消えました。王進はまだ生きているということにすればよいのでございます」

「なるほど。梁山泊軍についてはどうする？」

「梁山泊が山東のどの辺りまでを支配したかにもよりましょうな。もし、京東東路全域――山東半島のすべてを支配してしまったとすれば、耶律将軍をいったん退かせる方がよろしかろうと思います」

「しかし、せっかく手に入れた白虎山を手放すのはなんとも惜しい」

「白虎山は閣下の命令で落としたものではございますまい？」

「うむ……。確かにそうだが……」

「耶律将軍が白虎山から撤退したとしても、その責は枢密院太尉（童貫）にございますかと存じます」

――。つまり、閣下は出陣せず、童貫に状況を知らせ、あとは高みの見物というのが良策
「うむ……」

高俅は唸《うな》った。確かにその通りだが、それでは史進ともう一度話をする機会が失われてしまう。

「童貫に知らせるのはいいが……。余は史進と話がしたい」

「史進と話を？　なぜでございます？」

方琦は怪訝《けげん》な顔をする。

「少華山討伐の帰りに、あの男と話す機会があった。その時、使い物になると感じた。余の牙軍（親衛隊）に加えたい」

高俅は詳しくは語らなかった。あの時の気持ちを他人につまびらかにすることは、自分の裸を晒《さら》すことのように思えたからだった。

「左様でございますか」

方琦は不審に思った様子もなく、肯いた。

「ならば、閣下が出陣した後に、少し間を空けて童貫に知らせるというのがよろしゅうございましょう」

「しかし、誰が知らせる？　余の配下が知らせたのでは筋が通らぬ」

「真相《しんそう》（宰相）にお任せすればよろしいのです」

「蔡京《さいけい》にか？」

「はい」

方琦は子細な策を語った。

「なるほど――。そのようにいたそう」高俅は肯いた。

「お前は禁軍の馬匹医の所へ行き、師巫迭里が確かに経穴の術を伝授したかを確かめた後、部曲将（千人隊長）らに出陣の用意をするよう伝えよ」

方琦は「承知つかまつりました」と言って部屋を出た。

高俅は近侍を呼ぶと、外出の身支度を整えた。

徒歩で殿帥府を出ると、裏城の西側の城壁の舊梁門《きゅうりょうもん》をくぐる。

開封は三重の城壁に守られている。外周およそ二十八里（約一五キロ）の城壁に囲まれた街が外城。その中心部の官衙などが立ち並ぶ二重目の城壁内が裏城と呼ばれていた。そして裏城の中央北寄りに三重目の城壁に守られた宮城があった。

高俅は舊梁門近くに建つ蔡京の豪邸に向かった。

「真相にお会いしたい」

高俅は門衛に告げた。すぐに現れた執事に「内密の話がある」と伝えると、裏庭に建つ離れに案内された。

円卓の椅子に座って待っていると扉が開いて、六十過ぎの肥《ふと》った老人が現れた。蔡京である。高俅は立ち上がり深々と頭を下げた。

「お前が屋敷に訪ねてくるなど、珍しいな」

蔡京は言うと椅子に座り、高俅も腰を下ろすよう手で促した。

「火急の用件でございます」

高俅は席に着きながら言った。

「なにがあった？」

「童貫が出した討伐軍が白虎山を攻略いたしました」

「それはめでたいが、火急の用と言うほどのことではあるまい。だいいち、童貫の手柄をなぜお前が伝えに来る？」

「枢密院太尉の目を白虎山と山東三山に向けている隙に、梁山泊が動いておったようで」

「梁山泊がなにをしていた？」

蔡京は身を乗り出した。

「沂州《ぎしゅう》、青州、海州、膠州《こうしゅう》、萊州《らいしゅう》を落としたようでございます」

「なに？」

蔡京の顔が驚きに歪《ゆが》む。

「今のところ、梁山泊は山東三山と距離を置いているように装っておりますが、裏で手を結んでいたのではないかと。とすれば、連中が山東のどのくらいの州を落とすつもりなのかは分かりませぬが、近いうちに大軍を率いて白虎山を奪還しようとするのは必定でございましょう」

「早く援軍を出さなければならぬな。白虎山を死守し、できれば山東三山を落として、梁山泊軍を押さえる橋頭堡《きょうとうほ》としたいところだ」

「さすが蔡京さまでございます」

「それで、本来ならばそれは童貫の役目であろうが、わざわざお前が来たところをみると、自分に任せて欲しいと売り込むつもりか？」

「御意にございます」

「枢密院太尉の座を狙っているのか？」

蔡京は心の中を読み取ろうとするかのような目で高俅を見た。

「なにを考えているか分からない宦官《かんがん》よりもわたしの方が使いやすいかと」高俅は頭を垂れる。

「蔡京さまも宦官は使いづらいとお考えであろうことは、童貫の家に間諜《かんちょう》を潜り込ませて御座すことからも察しております」

「なに——。董超《とうちょう》と姜曾《きょうそう》のことを知っておったか？」

董超と姜曾は、蔡京が童貫の屋敷に近侍として送り込んだ間諜であった。

「油断のならぬ奴だな」

蔡京は眉をひそめて高俅を見た。

「油断のならぬのは、童貫の方でございましょう。白虎山を攻めたのはかの地を含めた山東四山を落とし、最終的には梁山泊を落とそうとしてのこと。そのようなことになれば、皇帝陛下の覚えはますますよくなり、いずれ蔡京さまの地位も危うくなりましょう」

徽宗《きそう》皇帝の二代前、神宗《しんそう》皇帝は、農業、商業、軍事などに関わる新しい法律を立てて、改革を行おうとした。そのため旧来の法律を遵守すべきと主張する派閥との論争が繰り広げられた。

神宗皇帝が崩御した後、政権は宣仁太后《せんじんたいこう》が一時握った。太后は旧法派の司馬光《しばこう》を宰相に据えた。その頃、蔡京は開封の長官にまで上り詰めていたが、新法、旧法の争いに巻き込まれ、政治の第一線から退かざるを得なくなった。

その後、政権は宣仁太后から哲宗《てっそう》皇帝へ移り、徽宗皇帝が継いだ。

そして、徽宗皇帝の寵愛《ちょうあい》を受けていた童貫が、蔡京を政《まつりごと》の場に呼び戻したのであった。

言ってみれば童貫は蔡京の恩人であった。しかし蔡京にとっては、その恩を笠《かさ》に着て、なにかにつけて自分を利用し、政を操ろうとする童貫は邪魔者でしかなかった。

童貫にしても、中央に引き上げてやったのにも拘《かか》わらず、真相の地位に上り詰めた後、自分を煙たがる素振りを見せる蔡京が気に入らなかった。

蔡京は自分に敵対する者たちを、皇帝に叛逆《はんぎゃく》する奸党《かんとう》として弾圧、排除した。機会があれば童貫も放逐してしまいたいと思っていた。童貫もそれを勘づいていて警戒し、蔡京を排除する機会を狙っている。二人は強い緊張関係にあったのである。

「それを言うならば、お前も怪しいぞ。枢密院太尉の地位を得た後に狙うのは真相ではないのか？」

「滅相もない。自分の器は心得ております。わたしの取り柄は蹴鞠《けまり》くらいのものでございますよ」

「人に取り入るのも滅法うまいではないか」

「大きな器に寄り添わなければ生きて行けぬからでございます」

「皇帝陛下に寄り添えば真相にもなれよう」

「大きな声では申せませぬが、皇帝陛下は蔡京さまでもっているようなもの。頼りなくて寄り添えるものではございませぬ」

「なるほどのう」蔡京はにやにやと笑う。

「わしに寄り添うて、美味《うま》い汁を吸おうということか」

「蔡京さまに寄り添うておれば、宋国一美味い汁を吸えましょうほどに」

「なるほど――。だが、まだまだお前を信用するわけにはいかぬ。お前の本音を見極めさせてもらおうか」

「ではまず、禁軍の武術師範林冲を追捕するという名目で、二万騎を率いて白虎山へ赴くお許しを」

「たった二万でなにをする?」

「一人、手に入れたい男がございます」

「手に入れたい男？　お前に男色の趣味があったとは知らなかったぞ」

　蔡京は笑った。

「いえいえ。その男、豪傑でございます。是非とも禁軍の将に迎えたいと」

「なんという名だ?」

「史家村《しかそん》の生まれで、名を史進と申します」

「史進――？　知らぬな」

「一度話をいたしましたが、希《まれ》にみる逸材であると感じました。童貫に先に白虎山に入られれば、史進は奴のものになってしまいましょう」

「左様か――。それは面白くないな。分かった。禁軍二万を率いて出陣せよ。しかし、お前が出陣したことは、すぐに童貫の知るところになるぞ」

「はい。そこで、もう一つお願いがございます。童貫が知る前に蔡京さまから知らせを走らせて頂きたいのでございます」

「わしからか？　なぜわざわざ知らせる」

「もちろん、わたしと蔡京さまが結託していると気づかれないためでございますよ。万が一、童貫がわたしを奸党として粛清しようとした場合、蔡京さまにも難が及びましょう。災いはわたしの所で断つ。そういう覚悟でございます」

「うむ――。気に入ったぞ」

　蔡京は感動したように頬を紅潮させた。微《かす》かに目が潤んでいる。

　年寄りの心は揺さぶりやすい――。

　高俅は心の中でほくそ笑んだ。

「わたしはこれよりすぐに整えをして、夜明け前に出立いたします。童貫への知らせは夜が明けてからにしていただきとうございます。わたしが勝手に出陣したことに気づいた蔡京さまが童貫に知らせた――。そういうことにしていただければ、なにがあっても蔡京さまに難は及びますまい」

高俅が言うと、蔡京はついに涙をこぼした。それを拭いながら、

「一日、二日空けた方がいいのではないか？　すぐに追いつかれて一悶着《ひともんちゃく》あるのではないか？」

と鼻の詰まったような声で言う。

「禁軍には駿馬が揃《そろ》っておりますれば」

高俅はにやりと笑った。

二

牢獄に閉じ込められて何日が経《た》ったのか――。

史進は板壁に背を持たせかけながらぼんやりと考えた。

断食は三日目でやめた。

史進の世話を担当する鄧《とう》という若い兵は、差し出した匙《さじ》の粥《かゆ》を首を伸ばして口に入れた史進を訝《いぶか》しげに見て訊《き》いた。

「空腹に負けたか」

「負けぬために食うことにした」

「負けぬために――」

「このまま餓死《かつえじに》すれば〝負け〟だ。耶律猝炫に負け、自分に負けたことになる」

「手足の力を奪われても、まだ勝つ気でいるのか?」

鄧は、まだ少年のような顔に驚きの表情を浮かべた。

「どんな状況であっても生き続ける。そして、好機を見つけて反撃に転じる。そのために食い、飲むことにした」

「そうか――。お前は強いな」

鄧は感心したような顔になったが、すぐに首を振ってその表情を振り飛ばした。敵に対してそんな気持ちを抱いたことに慌てたようであった。

「強いおれを思い出したのだ。食うことを、飲むことをやめたおれは弱かった。だが今は、お前に下の世話をされる屈辱にも耐える」

「屈辱に耐えているのはこっちだ」鄧は顔をしかめた。

「おれはお前の下の世話をするために兵になったのではない。ありがたいと思え」

「なるほどそれも道理だ」

史進が言うと鄧は笑いを堪《こら》えたような顔になった。

そんな会話をしたのは何日前であったか――。

好機を見つけて反撃に転じるとは思っても、それはいつ訪れるのかと、時々不安が頭をもたげる。その頻度は日が経つにつれて増えている。

再び自分に負けそうになる。

手足が動かない状態で、どのようにすれば自死できるかを考えている自分に気づき、「弱気になるな」と口に出して己を叱咤《しった》することが増えた。

山東三山や梁山泊から助けは来ないと覚悟は決めていた。それでも『もしかしたら……』という思いも浮かんでは消える。

史儷《しれい》ならば必ず助けに来る――。

いや、史儷だからこそ助けには来ない――。

様々な思いが心を乱す。

そんな時、史進は猝炫のことを考える。

師である王進を殺した男。

自分をこんな目に遭わせた男。

憎しみを燃え上がらせることで、心の乱れを押し隠した。

※　　　※

討伐軍は白虎山の守りのために、山麓に四重の砦群《とりで》を作った。白虎山から四十里（約二二キロ）ごとに三つずつ、山麓を囲むように砦を配置したのである。馬防柵と小さな堀、土塁、天幕だけの砦であったが、山東三山軍、梁山泊軍が攻めてきた時の物見の役割もあった。砦と砦の間にある集落にも兵を駐屯させ、砦建設の情報が外に漏れないように監視させた。

一番北の砦は、街道を封鎖する盗賊たちの陣から二十一里半余り（約一二キロ）離れていた。

黄信と秦明、一千の正規軍は、その北辺の砦へ移動した。

※　　　※

街道を封鎖する陣には五千人の盗賊が寝起きしていた。

移動式の馬防柵で道を塞ぎ、その両側の平原に数百の天幕を張って、北から官軍の荷駄隊がやって来るのを待っている。

東西と南側になだらかな丘陵があるが、北側は開けていて見通しが利いた。

山東三山からは、丘陵に見張りを立てるよう言われていた。しかし、丘まではおよそ十里（約五・五キロ）もある。敵の姿が見えてから戦の体勢を整えても、充分に迎え撃つことができると判断して、見張りは置かなかった。

盗賊たちは緊張感を失いつつあった。

陣を張ってもう十日も経とうというのに荷駄隊は来ない。

旅人たちは恐れて途中の枝道へ逃げた。この話を持ちかけてきた山東三山の首領たちとの約束で、旅人には手を出さないことになっているから、盗賊たちは暇を持て余していた。

白虎山から逃れ、ここへ陥落の知らせを伝えに走った者たちは、北狄《ほくてき》兵にすべて斬り殺された。また、百八十里（約一〇〇キロ）離れた白虎山から立ち上る煙は、街道の陣からは見えなかった。だから、誰も白虎山陥落を知らない。

盗賊たちはなんの危機感も覚えることなく、無為な日々を過ごしていたのである。

だが、あまりの暇さに飽き飽きして、数日前、済南《さいなん》に斥候を出した。官軍の荷駄隊が済《せい》水《すい》を渡ったら知らせが届く手筈《てはず》をつけたのである。とりあえずここ数日の様子を知らせる伝令が今日来ることになっている。

夕刻には早馬が来るはずであった。しかし、日が暮れて大分たつのにまだ蹄《ひづめ》の音は聞こえない。

陣の盗賊たちは気にも留めていない。

遅れに気づいた者も、どうせ途中の町で一休みするついでに酒を飲んで酔いつぶれてしまったのだとたかをくくっていたのである。

深更――。さすがに首領たち十数名は、伝令が来ないことを不審に思い始めた。

もしかすると官軍に捕らえられたのかもしれない。

だとすれば、荷駄隊は済水を渡ったのだ。

斥候が捕らえられたとすれば、この陣のことは知られてしまったろう。荷駄隊は開封に引き返すに違いない。

そんなことになれば、せっかくの儲《もう》け話がふいになる。

首領たちは話し合って、二千騎ほどを出して荷駄隊を追わせることにした。

各首領は自分たちの陣へ向かい、天幕の中で寝穢《いぎたな》く眠っている配下たちを叩《たた》き起こして馬に乗せ、二千騎を北へ走らせた。

※　　　　※

「好都合だが――。なにが起こったんだ？」

闇の中で黄信が言った。

街道を封鎖する盗賊団の陣から二里（約一・一キロ）ほど離れた丘の上である。黄信と秦明は腹這《はらば》いになって、陣を駆け出す二千騎の兵を見送った。

「伝令が来ないので、慌てたのだろう。たぶん、伝令が捕らえられ、街道を封鎖している事を知られ荷駄隊が逃げたと考えたのだ。開封に知られてはまずいから討ちに行ったのだろうよ」

秦明は言った。

「いや。違うな――」黄信は首を振る。

「盗賊どもは目先のことしか考えぬ。追いかけて荷物を奪おうって魂胆だ」

「いずれにしろ、戦う相手は三千に減った。あの騎馬隊が、騒ぎが届かない距離まで離れたら動こう」

「よし」

黄信は肯いて丘を駆け下りた。

※　※

遠くで鹿の鳴く声がした。

盗賊団の陣の歩哨《ほしょう》たちは、『子作りの時期でもないのになぜ？』と一瞬訝しんだが、『きっと狼《おおかみ》にでも寝込みを襲われたのだろう』と、思いこんだ。

陣の前面、南の方角から暴風に草が吹かれるような、豪雨に草が打たれるような音が聞こえた。

歩哨たちは天を見上げる。満天の星空で、雨を降らせる雲はない。

その音の中に、甲《よろい》の札《さね》が触れ合う音を聞き、歩哨たちはやっとその正体に気づいた。

「敵襲だ！」

歩哨は鼓角を鳴らした。

盗賊たちが天幕から飛び出す。甲冑《かっちゅう》を身につけた者、裸に甲だけをつけた者――。我先に朴刀《ぼくとう》を持って馬に飛び乗る。

馬を取られた者たちは武器を持って馬防柵に駆け寄る。

ざっと空気を切り裂く音がして、馬防柵の周りに矢が降り注いだ。百人余りの盗賊たちが、数十本の矢を浴びて倒れ伏した。

盗賊たちも慌てて矢を射るが、敵を目視できず、音と声を頼りに方角を定めた。

火矢が天幕へ飛ぶ。

天幕が燃え上がり、外れた火矢が随所で地面を照らす。

闇の中に雄叫《おたけ》びが起こり、炎の明かりの中に官軍の兵たちが現れた。手楯《てだて》をかざしながら馬防柵に駆け寄り、数人が背中を丸めて並ぶ。背後の数人が勢いをつけて走り、仲間の背を踏み台にして馬防柵を飛び越えた。

官軍兵は次々に陣内に突入する。

盗賊たちがその勢いに後退すると、官軍兵たちは馬防柵を押して進入路を確保した。

陣の東西からも官軍は攻め寄せる。

盗賊たちは混乱して、その数を把握できていなかったが、それぞれ三百人、総勢で千人ほどであった。

数の上で上回る盗賊たちはしかし、陣の中で追われ、次々に倒されて行く。

「鎮三山《ちんさんざん》の黄信だ！　刃向かう者は死を覚悟しろ！」

黄信は巨大な剣、喪門剣《そうもんけん》を振り回し、盗賊たちを薙《な》ぎ斬って行く。

秦明は狼牙棒《ろうがぼう》で敵を打ち倒す。

二人の後ろには累々と死体が転がった。

盗賊たちは北側の馬防柵に追いつめられた。

武器を捨てて投降する者もあったが、官軍兵はひざまずく盗賊たちを容赦なく斬り捨てた。

「なにをしてるんだ！」

黄信が、投降した盗賊を斬った兵に駆け寄って殴り飛ばした。

「耶律将軍の命令でございます！」

殴られた兵は這いつくばって弁解した。

「なんだと！」

秦明が狼牙棒で盗賊を打ち据えながら振り返る。

「籠城戦では兵糧が大事。無駄飯を食う捕虜はいらぬと」

「くそっ！　北狄野郎めが！」

黄信は足を踏み鳴らすと怒鳴った。

「官軍は二引（約六〇メートル）下がれ！」

北の馬防柵際で戦っていた官軍は、さっと後退した。

柵を背にした盗賊たち五百人余りは、肩で息をしながら返り血にまみれた顔を黄信に向けた。

「逃げた者は追わぬ！　さっさと馬防柵を乗り越えて、どこへなりと行け！　ただし、明日以降この近くで見かけたら、その時には容赦なくこの大剣で胴を両断してやるからそのつもりでおれ！」

黄信の言葉に官軍兵たちは、秦明を見た。

秦明はそれに肯きで答えた。

盗賊たちは我先に馬防柵によじ登る。

「よろしいのでございますか？」正規軍の部校尉が顔を引きつらせて言う。

「耶律将軍に逆らえば、恐ろしゅうございますぞ」

「知るか！　降伏した者まで斬り殺すなど言語道断だ！」

黄信は逃げ去る盗賊たちの後ろ姿を見つめながら荒々しい口調で言った。

「お前たちには迷惑をかけぬ。耶律将軍が気に食わぬと仰せられるのならば、われらは青州へ戻り、二人で梁山泊軍と戦う」

秦明が言った。

「柵の外に穴を掘って遺骸を埋めよ。自軍の遺骸は白虎山へ運べ。柵に官軍の旗を立てよ。ぐずぐずするな！」

黄信は胴間声で命じた。

官軍兵たちは急いで仕事を始めた。

三

済水を渡り、山東四山への道を進む高俅の軍は一万余りに減っていた。途中で荷駄隊と合流し、それを護衛するために一万の兵が遅れているのである。

街道を塞ぐ盗賊団は五千と聞いていた。盗賊たちは山東四山に比べればずっと小さい集団で、訓練もされていない烏合《うごう》の衆だという報告である。駆逐するのに一万もあれば充分であろうと高俅は考えていた。

前方に丘陵地帯が現れた。

その丘を越えれば、いよいよ盗賊団が陣を張っている場所である。

高俅は斥候を出そうと進軍を止めた。

その時である。

丘の上に、ばらばらと百騎余りの一団が現れた。

敵か！　と、高俅は肝を冷やした。

禁軍騎射隊一千が一斉に前に出て弓を構えた。

丘の騎馬隊から二騎が駆け下りてきた。

手に官軍の旗を持っていた。

高俅はほっとした。

二人の騎馬武者は高俅の軍に近づく。

高俅は最前列に馬を進めた。

騎馬武者は馬を下りて、高俅の前に蹲踞した。

「青州の都監、黄信でございます」

「青州の統制、秦明でございます」

「伝令から話は聞いておる。街道を封鎖していた賊は討ち果たしたのだな？」

「はい。今は官軍が関所を作り、守っております」

黄信が答えた。

「大儀、大儀」高俅は俗物な高官を装い、機嫌良く言った。

「それでは、白虎山へ案内せよ」

※　※

白虎山山頂の節堂で、高俅を迎えたのは耶律猝炫と馬衍《ばえん》部曲将であった。

「梁山泊軍の様子はどうだ？」

高俅は節堂に入るなり卓の上座について訊いた。近侍十人が外に並び、警護に当たった。

「何度か斥候を出しておりますが、誰一人戻りません」

猝炫は立ったまま答えた。

「まだ山東支配に手間取っているのか、それとも間近まで迫っているかも分からぬか」

「百里（約五五キロ）まで近づけば、狼煙《のろし》で知らせがございます」

猝炫がそう答えた時、馬衍が咳払《せきばら》いをした。

「座ってもよろしゅうございましょうか？」

高俅は馬衍をぎろりと睨《にら》む。

「勝手にすればよい」

「では、勝手にいたしましょう。さぁ、耶律将軍もお掛け下さいませ」

馬衍は席に着いた。猝炫は小さく苦笑を浮かべて椅子に座る。

「史進を捕らえたそうだな」

高俅は猝炫の顔を見ながら言った。

「はい」

猝炫は穏やかな微笑を高俅に向ける。

「会って話がしたい」

「そのように仰せられると思い、お知らせ致しました」

「お前の思惑などどうでもよいことだが、なぜ余に伝令をよこした？　史進を餌に、なにか企んでおるのか？」

「このたびの出兵では、太尉（高俅）さまには失礼致しましたので、せめてもの罪滅ぼしと」

「ふん。童貫に乗り換えたのではないのか」

「乗り換えたわけではございませぬ。このたびは、早急に出兵しなければならぬと判断致しました。大義名分がないのに禁軍を出していただくわけにはいかぬと思い、枢密院太尉（童貫）に願い出ました」

「まぁよい。史進はどこだ？」

「ここに連れて参りましょう」

「いや。余が赴く。ここに連れてこられては内緒の話もできぬでな」

「それでは、そのようにいたしましょう。ただ、史進は今、見苦しい姿をしておりますから、しばらくお待ちを」

「見苦しい姿？」高俅は眉間に皺《しわ》を寄せた。

「史進になにをした？」

「傷つけてはおりませぬ。暴れぬように四肢の経穴に針を打っております」

「……すぐに案内せよ」

高俅は険しい顔をして立ち上がった。

「それではこちらへ」

猝炫は先に立って節堂を出た。

高俅はそれに続く。十人の近侍がさっと高俅を取り巻き、周囲を警戒した。

節堂から少し下ると、煉瓦《れんが》造りの建物があった。見張りが二人立っていて、猝炫の姿を見ると一礼して扉を開けた。

高俅は猝炫に続いて建物に入った。部屋は全部で六つ。中央に通路があり、左右は木製の格子と煉瓦の壁で囲まれた牢《ろう》であった。右側の真ん中の牢に、人影があった。

「お前たちは外にいろ」高俅は猝炫と馬衍に言った。

「話し声が聞こえないくらい離れて待っておれ」

近侍が猝炫と馬衍の前に立って押しやると、牢獄の周囲に散って誰も近づけないように守りを固めた。

高俅は扉を閉めて、人影のいる牢の前に進んだ。

微《かす》かに糞尿のにおいがした。

木の床に座り、煉瓦の壁に背をもたせかけるようにして、全裸の史進が座っていた。髪の乱れた頭を項垂《うなだ》れて、眠っているように見えた。

少華山討伐の帰途、夕飯の粥を食わせてやったあの潑剌《はつらつ》とした若者の面影は無かった。

「無惨な姿だな……」

高俅は呟《つぶや》くように言った。

その声に史進は顔を上げる。

疲れた表情であった。

「なんだ。高俅じゃねぇか」

「余を呼び捨てにする元気は残っているか」

「おれは元気だぜ。ただ、手足に力が入らねぇだけだ」

「お前が捕まるとはな。あの時と同じように何か策略でもあるのか？」

高俅は牢の前に座り込んだ。

「あるもんか」史進は顔をしかめた。

「弱いから捕まっただけだ。この情けない姿は、おれの弱さに対する戒めさ――。お前、どうしてここにいる？　殿前司都指揮使《でんぜんしとしきし》の出る幕じゃあるまい」

「いつぞやの話の続きをしに来た」

「物好きな」

史進は笑う。

「余の下で働かぬか？　前も言ったが、余は世間の者が言うような悪辣《あくらつ》な男ではないぞ」

「どんな大望をいだいていようと、バカ皇帝がやっていることを止めないのは、それに荷担しているのと同《おんな》じだ」

「いや。後々の世の、大勢の者たちの幸《さきわ》いのためには、今の世の者たちの苦しみはいたしかたないことだ。そう割り切らなければ世直しなどできぬぞ」

「勝手なことを言うな」

「では戦はどうなのだ？　世直しのための戦で、今までお前たちの側では何百人、何千人の兵が死んだ？　その兵たちの死をどう説明する？　同じことではないか」

「痛い所を突くなぁ」

史進は顔をしかめたが、目に精気が戻って来た。

「よく聞け、史進。為政者らは、己らが金に困っておらぬものだから、貧する者の心が分からぬ。民に重税を課すことをなんとも思わぬ。貧しい家に生まれて科挙に合格し役人となった者の多くは、ここぞとばかりに賄《まいない》を集めることに躍起になる。大内や官衙《かんが》と、民が暮らす町の間には、大河が横たわっているのだ。いくら声を大きくして不満を叫ぼうと、向こう側には届かぬ。こちらと向こうは世が違う。大河の向こう側に住む者にとって、こちら側の者たちは己に尽くす奴隷にしかすぎぬのだ」

「お前は向こう側の者だろうが。こっち側にいるような口を利くなよ」

「余も若い頃はお前たちの側の者だったのでな」

「だが、もうこっち側じゃねぇ」

「そっち側を知っている希有《けう》な向こう側だ。わたしは、旧来の法も秩序もすべて壊し、役人も商人も百姓も一堂に会して話し合い、宋国全土に共通する〈価値観〉、〈通念〉を一から作り出すつもりだ」

「バカじゃねぇのか？　そんなことできっこねぇ。役人は役人だ。地位を利用して己の懐を膨らませることにしか興味はねぇ。商人は商人で、役人に取り入り、己の懐を膨らませようとする。百姓は百姓で、搾取され続けながらも、自分の暮らしが苦しいのは国のせい、役人のせい、天候のせいと、他人のせいにばかりしやがる。そんな奴らが集まったって、話がまとまるはずはねぇぜ」

「役人も商人も変わらないと言うのなら、ならば、お前の考える世直しとはなんだ？」

「役人も商人も百姓も、それぞれがやり過ぎねぇ程度に勝手にやればいいんだ。今の皇帝も大内もやり過ぎてる。がつんとぶん殴って思い知らせ、やり過ぎが直ればそれでいい」

「目先のことしか考えぬか」

高俅は溜息《ためいき》をつく。

「目先のことをこなしていけば明日に繋《つな》がる。明日も目先のことを大切にすれば明後日に繋がるんだ」

「それが出来るのは、いい政《まつりごと》あってのことだ」

「政なんていうのは、役人たちが食っていくための仕組みだろうが。ろくに民のために働きもしていねぇくせに、自分の儲《もう》けだけはしっかりと懐に入れたがる。まぁ、遼国《りょうこく》や女真《じょしん》、西夏《せいか》なんかが攻めて来た時に国を守らなきゃならねぇだろうし、国と国の交わりも大切だから無くてもいいとは言わねぇが、手前《てめ》ぇが民百姓に食わせてもらっていることは骨身に染みるくれぇに教えてやらなきゃならねぇ」

「手厳しいな」高俅は苦笑する。

「まぁ、大所高所からものを語るのはこれぐらいにして、お前の気持ちを知りたい。どうすれば余を信じてくれる？」

「信じる？　お前の言う〝信じる〟ってのがどういうことなのか分からねぇが、皇帝に擦り寄って悪さをしている三奸《さんかん》の中では少しは話ができる奴かもしれねぇとは思ってるよ」

「お前をこの状況から救い出せば、余の配下になるか？」

「借りが一つ出来たとは思うだろうが、お前の配下にはならねぇよ。おれは誰の配下にもならねぇからな」

「呉用《ごよう》の配下ではないのか？」

「呉用？」史進は顔をしかめた。

「あいつとは腐れ縁で一緒に行動しているだけだ」

「ならば、宋江《そうこう》の配下か？」

「宋江はどんな男なのかも見極めていねぇ。だから、誰の配下にもならねぇって言ったろう。思いが似通った奴と、一緒に突っ走るだけだ」

「ならば、余の思いが似通っているとお前が判断すれば、一緒に突っ走ってくれるということか」

「まぁ、そういうことになるな。ただ、思いが離れていけば、おれも離れる」

「ならば、今しばらく時をかけよう」

高俅は立ち上がった。そして扉を開けて猝炫を呼んだ。

猝炫が牢獄に入ると、高俅は史進を指さした。

「耶律将軍。すぐに史進に打った針を抜け」

猝炫はしばらく無言のまま高俅を見つめていたが、微笑《ほほえ》みを浮かべて「承知致しました」と言うと、牢の鍵を開けて中に入った。

「気の毒だったな。こっちに運が回ってきたようだ」

史進は煉瓦壁に背を持たせかけたまま猝炫を見上げてにやりと笑った。

猝炫は史進の両足を引っ張り、床に横たえた。次いでその体をひっくり返して俯《うつぶ》せにさせる。

「お手柔らかにたのむぜ」

史進は床に頬を押し当てて言った。

「どうやって取り入った？」

猝炫は囁《ささや》くような声で訊いた。

「別に取り入ってなんかいねぇよ。向こうが勝手に気に入っているようだ」

「ふむ――」

猝炫は小刀を出して史進の腕の付け根の皮膚を軽く裂き、埋まってしまっていた針の頭を出した。口を近づけ、歯で針の頭を噛《か》むとずるずると引き抜く。

「おっ。なんだか指の先まで力が流れ込んで来るみてぇな感じがするぜ」

史進は嬉《うれ》しそうに言った。

猝炫は、史進の太股《ふともも》の付け根の針も抜いた。

「やれやれ、酷《ひで》ぇ目に遭った」

史進は俯せの状態から起きあがろうとしたが、四肢にまだ充分な力が入らずに、すぐに崩れ落ちる。

猝炫は史進の体を壁際まで引きずって、上体を起こしてやる。

「少し待っておれ」

言って猝炫は扉まで歩き、外にいた鄧を呼んだ。史進の世話をしていた兵である。

「史進の衣類を持って参れ」

猝炫に命じられ、鄧は肯いて兵舎へ走った。

直ぐに戻って史進に袍《ほう》を着せる。

こころなしか顔が嬉しそうであった。

「やっと人に戻りましたね」鄧は小声で言った。

「真っ裸で檻《おり》に閉じ込められて、まるで獣でございましたからな」

鄧は史進の剛胆さに心酔し、丁寧な言葉遣いをするようになっていた。

「違いねぇ」

史進は笑った。

鄧に手を借りて立ち上がろうとするが、膝と足首ががくがくと震えた。

「もうしばらくわたしがお世話いたしましょう」

鄧は史進を座らせた。

「どうせ、まだここにいなきゃならねぇんだろう？」

史進は高俅と猝炫を見上げて言った。

「いや」高俅は首を振る。

「お前はわたしと開封へ来るのだ」

「今すぐにか？　せめて一人で厠《かわや》へ行けるようになるまで待て」

史進は眉をひそめる。

「一日二日は様子をみてやろう。それで駄目ならば出立する」

「わたしもお連れいただけませんか？」鄧がおずおずと言う。

「しばらくお世話をさせていただいておりましたので、襁褓《むつき》（おしめ）の取り替えも厭《いと》いませぬ」

「お前、おれに襁褓を当てるつもりか？」

史進は怒ったように言った。

「そのご様子では、まだ這うことも難しゅうございましょう？　尿意、便意もはっきりとは分からぬはず。襁褓は必要でございます」

「うむ……」

「さっそく襁褓にできる布を探して参ります」

「よし」と高俅は言った。

「お前は史進の世話係として一緒に参れ」

「ありがとうございます！」

鄧は嬉しそうに言うと、布を探しに牢獄から出ていった。

「間もなくご出立ならば、兵を五千なりと置いて行かれよ」

猝炫が言う。

「もうじき童貫の兵が来る。それを待て。梁山泊が山東を支配したとなれば、禁軍もそれなりの備えをしなければならぬ」

「枢密院太尉が――？」

「お前に出陣を命じたのは童貫だ。援軍を出すのは奴の役目だ」

「なるほど、道理でございますな」猝炫は肯いた。

「太尉のお口添えでございましょうか？」

「蔡京の命令であろうよ」

「なるほど。真相に手を回しましたか」

「人聞きの悪い言い回しをいたすな。我らの間になんら確執はないぞ」

高俅はにやりと笑った。

「それは太尉とわたしの間も同じでございます。それをお忘れなく」

猝炫は高俅の目を見つめながら頭を下げた。

「左様か？　ふむ、左様であろうな。覚えておこう」

高俅が素っ気なく言った時、鄧が布を持って牢獄に駆け込んで来た。すぐに史進の穿裳《はきも》を脱がせる。

「用が済んだなら、出ていってくれ。襁褓を当てられるのを見物されてはたまらぬ」

史進は高俅たちを追い払うように首を動かした。

高俅は笑いながら牢獄を出る。猝炫はちらりと史進に視線を向けたが、表情を消したまま高俅の後に続いた。

史進は鄧に襁褓を当てられながら考えた。

高俅の出現で、状況はこちらに有利な方向に転がり出した。

手足に元のような力が蘇《よみがえ》れば、いつでも逃げ出すことができる。

だが――。

高俅はいけ好かない奸賊ではあるが、話には一理ある。一緒に開封に赴き、もう少し高俅という男を知っておくべきではないか。

ことによったらこちらに取り込むことが出来るかもしれない。大内にこちらの手の者がいれば、色々な仕掛けが可能になる。

「さて、できました」鄧は言って、史進に下衣を穿《は》かせた。

「襁褓が濡《ぬ》れたのを感じましたらば、お呼び下さいませ」

鄧はにっこりと笑う。

「鄧」

史進は言いながら身を起こす。

「はい？」

「お前、おれに対する態度も言葉遣いも、ずいぶん丁寧になったな」

「左様でございましょうか」鄧は首を傾《かし》げる。

「ああ――。確かに左様でございますね」

「おれなどにそういう言葉を使っていると立場が悪くなるぞ」

「殿前司都指揮使（高俅）さまの御配下になられたのですから、構いますまい」

「配下になったわけではない」

史進は鼻っ柱に皺を寄せる。

「目を掛けられているのですから、同じことでございますよ」言って鄧は立ち上がる。

「これで、食事ももう少しいい物を運べるようになりましょう。夕食は肉がつくような物をお持ちいたしましょう」

鄧はいそいそと牢獄を出ていった。

それを見送ると、史進は小さく呟《つぶや》いた。

「史儷《しれい》はどうしているだろう――」

やっと、穏やかな気持ちで妹のことを思うことができた。

内心、助けに来てくれることを期待していたのだったが、今は助けに来ない方が都合がいいと考えている。

「勝手なものだな」史進は苦笑する。

「ともかく、心配をかけてすまぬ」

と、史儷が目の前にいるかのように謝って頭を下げた。

四

桃花山《とうかざん》の節堂に伝令が駆け込んだ。

節堂には史儷、呉用、李忠《りちゅう》、宋江、武松《ぶしょう》、孔太公《こうたいこう》と孔兄弟が集まり、史進奪還の兵略を話し合っていた。

「白虎山の見張りからサシバの知らせが来ました」

伝令は、李忠に小さい紙を手渡した。

李忠はそれを読んで眉をひそめ、史儷に回した。

「高俅が白虎山に入った――」

史儷は言った。

「街道の封鎖が破られたか」

呉用は史儷から紙を受け取りながら言う。

「高俅の軍は一万――」宋江が呉用から回ってきた紙を読んで顔をしかめる。

「烏合の衆の盗賊ばらでは敵わない数だな」

「高俅は史進に会いに来たか」

呉用が言う。以前、史進が高俅に捕らえられた時のことは聞いており、ずっと心の隅に引っ掛かっていたのであった。

「なぜ史進に会いに来る？」

武松は孔太公に紙を回しながら訊いた。

「なにやら通じ合う所があったらしい」

呉用が答えた。

「言い方を考えろ」

史儭は不機嫌に言う。

あの日、宿駅の小屋から助け出した史進はこう言った。

『高俅という男、なかなか面白い。もう少し話を聞きたいと思ってな』

と、助けられることを渋ったのである。

確かに通じ合うことがあったのかも知れない――。史儭は唇を嚙む。

「わざわざ高俅が来た所をみると、奴は史進を開封に連れて帰るつもりだな」

呉用は言った。

史儭は、はっとして呉用を見る。

「ならば、すぐに奪還しなければ」

「まぁ待て。これは好機かもしれぬぞ」

「なにが好機だ。開封に連れて行かれれば、なにをされるか分かったものではない」

「荒っぽいことをしようと思うならば、わざわざ迎えに来るものか」

「確かに呉用の言うとおりかもしれん」宋江は肯いた。

「史進が開封で高俅に重用されれば、大内を内側から突き崩す策が使える」

「わたしに対する遺恨は忘れたか？」

呉用はにやりと笑って宋江を見た。

宋江はむっとした顔をして、

「忘れてなどおらん。兵略の評定《ひようじよう》に私事は持ち込まんだけだ」

と答えた。

「わたしは反対だ」史儷は強く言った。

「兄者が高俅に丸め込まれたらどうする？」

「丸め込まれるものか」

武松が笑った。

「いや。兄者は義俠心《ぎきようしん》を持ち出されると弱い。高俅が切れ者ならば、五紋龍《ごもんりゆう》史進ほど操りやすい者はおらぬかもしれん」

「ずいぶん兄を見くびっておるな」

李忠は苦笑する。

「見くびっているわけではない！」

史儷は卓を叩いた。

「まぁ怒るな」李忠は宥《なだ》める。

「丸め込まれぬまでも、史進は器用な男ではない。高俅を謀り続けることなどできまいよ」

「うむ……」呉用は腕組みをして顎を撫《な》でる。

「確かに不器用な男だからな」

史儷はさらに不愉快になったが、黙っていた。自分の口からならばいくらでも史進の悪《あっ》口《こう》を言えたが、他人に言われるのは面白くなかった。

「高俅の兵の数を足すと――」孔太公が言う。

「白虎山には一万四千ほどの兵がいることになるな」

「文には荷駄隊のことは書かれていませんから、補給はなかったということでございましょう。白虎山の兵糧はますます減ります」

孔明が言った。

「いや。今まで補給部隊が来なかったということは、これから来るということだ。高俅は一足先に白虎山に入ったのだろうよ。後から補給部隊は来る。おそらく増員の兵を連れてな」

呉用が言う。

「ならば――」史儷が口を出す。

「疾《と》く兄者を救い出し、白虎山の官軍を討とう」

「梁山泊軍が来るまで待て」

呉用は首を振った。

梁山泊軍は登州《としゅう》の抵抗に手こずり、未だ目的を達成していない。半島の南側の、密州の兵が登州の軍に合流したからである。

「兄者の奪還は梁山泊軍を待たずともできよう。梁山泊軍が来て戦になれば、兄者は人質に使われる。かえって今のうちの方がいいではないか」

「新たに仲間に加わった朱仝《しゅどう》と雷横《らいおう》を使うのはいかがですか」孔亮が言う。

「官軍を裏切ったのは誤りだったと投降させ、我らの手引きをさせるというのは？」

「そんな手に乗るものか。相手は耶律猝炫と高俅だぞ」

呉用は首を振る。

「いや――」と言ったのは宋江である。

「二人は官軍に名の知れた豪傑だ。朱仝と雷横が現れれば、雑兵らは怯《ひる》むであろうな。それで攻撃の手が鈍るならば、使いようはあるぞ」

「だが――」呉用は難しい顔をした。

「官軍の兵は怯んでも北狄兵は怯まぬぞ。それに、史儷たちが罠《わな》にはまったことを考えても、白虎山の道はすべて押さえられているようではないか。なにかきっかけがなければ、史進を奪い返すのは難しかろう」

「高俅が開封に帰る時が狙い目か」

宋江が言った。

「それしかないかもしれぬな」史儷は言った。

「こういう策はどうだ？」

史儷は思いついた兵略を語った。

一同は肯きながらそれを聞いた。

「なるほど。兵が少ない分は朱仝と雷横を使うか」

呉用が言った。

「大丈夫だろうか」史儷は不安な顔をする。

「その二人、再び寝返って官軍についたら事だぞ」

「それは大丈夫だ」武松が言う。

「朱仝も雷横も曲がったことの嫌いな面構えだ。義俠心のある男たちだから、こっちを裏切ることはねぇよ」

「何度も言っているが――」

史儷は顔をしかめる。

「義俠心などあてにならねぇってんだろう？」武松は史儷の言葉を遮る。

「心配ならおれも行ってやるぜ。それでも心配なら、梁山泊から魯智深《ろちしん》を呼ぼう」

「うむ……」

史儱は口をつぐむ。武松と魯智深がいれば、朱仝と雷横にこちらを裏切ろうという気持ちが起こった時の牽制《けんせい》になろう。

「それで行こう」

史儱は言った。

第五章

一

二日、三日待っても、史進《ししん》の手足は思うように動かない。史進は苛立《いらだ》って鄧《とう》に当たり散らし、もしかしたら針の打ち所が悪かったのではないかと、猝炫《そつげん》を罵倒した。

高俅《こうきゆう》は、

「開封《かいほう》で医者に診せよう」

と、出立の準備を始めた。

猝炫は史進の悪口《あっこう》に辟易《へきえき》して牢獄《ろうごく》に近づくことを敬遠した。

山東三山の動きはない。

街道の封鎖が破られ、高俅が白虎山《はくこざん》に入ったことで、何か動きがあるだろうと思われたが、史進を奪い返すことさえ諦めたかのように、北麓を塞いでいた兵まで引き上げた。

五日目の朝。高俅は宿舎としていた客殿に猝炫を呼んだ。

「ご出立でございますか」

猝炫は、高俅の前に蹲踞《そんきよ》しながら言った。

「街道の関所にいた二人、名をなんと申したかな」

高俅は一段高く設《しつら》えられた椅子の上から猝炫を見下ろした。

「秦明《しんめい》と黄信《こうしん》のことでございましょうか」

「ああ、確かそのように名乗った。あの二人が欲しい」

「欲しい――。禁軍に加えると？」

猝炫は眉をひそめる。

秦明と黄信は呉用《ごよう》の名簿にある宿星を持つ豪傑である。今のところ、山東三山や梁山泊《りょうざんぱく》との繋《つな》がりはないようだったが、街道を塞いでいた盗賊共の討伐の折り、投降した者たちを逃がしたという報告を受けていた。

このような時期に内側に火種を作るのもまずいと考え、命令違反は不問に付した。しかし、白虎山の本陣に置いておくのは危険だと判断し、そのまま関所の守りを任せ猖獗《しょうけつ》兵数名をつけて密《ひそ》かに監視させていたのだった。

「あの二人、危険でございますぞ」

「呉用の名簿にあったか？」

「はい」

「しかし、呉用の名簿に名を挙げられていた豪傑たちがすべて梁山泊に入るとは限るまい。史進はすでにこちらの手中にある」

「名簿は、こちら側を揺さぶる呉用の策でございましょうから」

洪《こう》太尉が百八つの魔星を解き放ったという伝説を利用した呉用の名簿は、彼の意図した通りの効果を発揮していた。

魔星を魂に宿した百八人の豪傑が朝廷を倒すために立つ——。その噂《うわさ》のために大内《だいだい》、府州の役人たちの中には怯《おび》えている者が多かった。そして、呉用がばらまいた名簿に載る者を捕らえようと緝捕使臣《しゅほししん》（捕縛を担当する官）を差し向ける府州の役人もいる。そのせいで名簿にある豪傑たちは故郷から出奔し、滄州《そうしゅう》の柴進《さいしん》の元や、梁山泊に逃れているのだった。

「魔星が宿っておらぬのであれば、豪傑であろうとただの人だ。上手《うま》くやれば、こちら側につく」

「ただでさえ兵の数が少ないのに、二人の豪傑を取られるのは痛うございますな」

「禁軍を二千、置いていこう。一人につき千の兵ならば文句はあるまい」

「二人の豪傑をどうお使いになるので？」

「余と史進の護衛だ。大勢の兵は敵を近づけぬという用途には使える。だが、近くまで突進してきた敵に対するには雑兵では役に立たぬ」

「牙軍（親衛隊）を雑兵と仰せられますか」

猝炫は苦笑する。

「お前と猖獗隊が護衛してもいいのだぞ。白虎山を捨てて余の護衛についたお前を童貫《どうかん》が見たらどのような顔をするか見物だ」

「それはご容赦願いましょう——。承知致しました。今から秦明、黄信両名を呼び寄せましょう」

　猝炫は一礼して立ち上がる。

「二人にいい顔をするのは、二人の敵を作るのと表裏一体だということを忘れるな」

　高俅は客殿を出て行く猝炫に言った。

※　　※

　白虎山山頂の広場には、立錐《りっすい》の余地もないほどに禁軍兵が並んでいた。広場に入りきれなかった兵は近くの蔵や兵舎の敷地や通路にまで立っていた。その数八千。二千の兵はすでに猝炫に与えられ、白虎山各所の持ち場についている。

　山麓へ向かう道には高俅の牙軍が整列している。その数五百。その真ん中に高俅の乗る黒馬と一台の馬車があった。

　馬車は頑丈な格子の箱を乗せている。四人護送用の馬車であった。

　鄧に肩を借りて牢獄を出た史進は、その馬車を見て文句を言った。

「自分を信じて欲しいと言ったくせに、四人護送用の馬車に押し込めるとは、ずいぶんじゃねぇか」

「その体では馬に乗れまい」高俅が馬上から言う。

「また、頑丈な檻《おり》は、中の者を閉じ込める使い方の他に、奪おうとする者から守るという役目も果たす」

「誰かおれを助けに来るとでも思っているのか?」史進は吐き捨てるように言った。

「誰も来るものか。来たとしても、おれのこのザマを見りゃあ、見捨てて帰るさ」

「十日も経《た》たぬというのに、随分根性がひねくれたな――。まぁ、武芸自慢の豪傑であるのに、手足に力が入らぬのだから仕方あるまいが」

「利いた風なことを言うな！」

史進は鄧に支えられながら格子の中に入った。

「開封までの辛抱だ。向こうには名医がおる」

高俅は言って、牙軍に出発を告げた。

隊列が動き始めた。

五つの関門を抜けて山麓に出ると、斥候が四方に散って山東三山の軍がいないことを確認した。

牙軍の馬が平原を走り出す。馬車はがたごとと揺れて、史進は「もっと静かに走れねぇのか！」と怒鳴り散らした。

禁軍兵が続々と白虎山を下りる。

展開して高俅と史進の馬車を囲んだ。

高俅の馬の後ろに史進の馬車。その左右に秦明と黄信の馬。馬車の後ろには鄧の馬がついている。

山東三山の兵が攻めてくる様子はなかった。

冬の空は晴れ渡り、天頂は黒みがかって見えた。風は乾いて冷たい。

四十里（約二二キロ）を走り、白虎山を囲む四重、十二の砦《とりで》の一重目を通過した。

見渡す限りの平原、丘陵に敵の影はない。

二重目で小休止し、三重目に辿《たど》り着いたのは夕暮れであった。その間、敵の斥候の姿さえ見ることはなかった。

もしかしたら、敵軍は完全に山東三山まで撤退してしまって、こちらの動きに気づいていないのかもしれない――。

禁軍の兵たちの間に安堵《あんど》の気持ちが広がって行った。

三重目の砦で一泊した。狭い馬防柵の中にすべての兵は入りきれないので、柵の外にも天幕が張られ、夜襲に備えて厳重な警戒体勢が敷かれた。

二

深更――。

白虎山の周囲に、顔にも甲冑《かっちゅう》にも黒い煤《すす》を塗りつけた者たち数千人が忍び寄った。

二竜山《にりゅうざん》、清風山《せいふうざん》、桃花山《とうかざん》の軍の一部。そして白虎山の生き残りの兵たちである。指揮は楊志《ようし》、花栄《かえい》、李忠《りちゅう》がとっていた。

斜面の木々の間を音もなく進む。

本当に音をさせずに歩いているのではない。時折吹く風に揺れて鳴る木々や下生えに、足音を隠しているのである。盗賊兵たちは自然の音の中に己を埋没させることに長《た》けていた。

一の関門には四人の歩哨《ほしょう》が立っていた。正規軍の兵である。左右に続く土塁には弓兵が警戒に当たっている。

すぐに斥候が走り、弓兵は左右に二十人ずつで、関門の近くにしかいないことを報告した。

三山兵たちは左右に展開し、見張りの目の届かない所で土塁を越える。

桃花山兵数十名が一の関門を後方から囲み、残りは斜面をさらに上へ進んだ。

桃花山兵たちは、関門の周辺の兵舎に近づき、中の様子を確かめた。

兵舎には酒のにおいが満ち、鼾《いびき》があちこちから聞こえた。

桃花山兵たちは兵舎に滑り込み、官軍兵の口を押さえ、喉を斬り裂いて行く。

闇の中で鼾が一つ一つ消えて行く。

酒のにおいに代わって血のにおいが兵舎の中に広がった。

外では、桃花山兵が歩哨と弓兵の背後に忍びより、一斉に喉を斬って倒した。

一の関門の守備隊を全滅させると、桃花山兵は山を駆け上った。

二の関門、三の関門と、上に行くにしたがって守備隊の数は増えていったが、盗賊兵たちは敵に声を上げさせず、物音も立てずに殺して行った。

守備隊を音もなく倒すのは、府州、県の役所を襲撃する時の常套《じょうとう》手段であり、盗賊兵たちにとっては慣れた仕事であった。

殺す相手の来し方など一顧だにしない。その者が死んだ後の家族の行く末など慮《おもんぱか》ることもない。

そんなことを考えていれば、刃に込める力が鈍るからである。

自分が生きるために、家族を養うために、踏みにじらなければならない他人の人生というものがある。

そうやって盗賊たちは自分を騙《だま》し、人殺しに慣れて行くのであった。

そうしなければ生きていけない世を作っている者が悪い――。

官軍兵を倒すのは世直しの一つ――。

山東三山の盗賊たちは、冷徹に、義務感さえ覚えながら官軍兵の命を奪った。

四の関門、五の関門とさらに警備は厳重になって行った。

五の関門の土塁に詰めている弓兵が、ついに三山軍の姿を見つけた。

「敵襲だ！」

叫んだ弓兵の喉を、花栄の矢が貫いた。

それが合図になり、三山軍の弓隊が前に出て、土塁に向けて一斉に矢を放った。

官軍の弓隊が怯《ひる》んだ隙に、三山軍は雄叫《おたけ》びを上げて斜面を駆け上り、土塁を這《は》い上がって、山寨《さんさい》に飛び込んだ。

山寨の官軍と三山軍は入り乱れて剣を打ち合わせた。

※　※

戦いの音が巻き起こってすぐに、伝令が節堂に駆け込んできた。

猝炫は独り、奥まった椅子にゆったりと腰掛けていた。

「何人だ？」

息せき切って自分の前に蹲踞する伝令に、猝炫は静かな口調で訊《き》いた。

「二千から三千でございます。なにぶん、敵は全身黒塗りでございますからはっきりとした数は――」

「三山の軍か？　梁山泊か？」

「花栄と楊志の姿を見たと申す者がございますから三山の兵かと」

「うむ……」

猝炫は肯《うなず》いて考えを巡らす。

三山の兵が白虎山を攻めてきたのは、おそらくは〝足止め〟が目的だ。奴らの目的は史進の奪還。高俅の一行を攻めるにあたって、後方から我らに攻撃されないために戦いを挑んでいるのだ――。

「さて、どうしたものかな」

猝炫はのんびりとした口調で言った。

伝令は焦りの表情で、仲間に伝えるべき命令を猝炫が発するのを待っている。

外では部曲将（千人隊長）が戦闘の指示を叫んでいるのが聞こえている。

このままここに留まって三山の兵を殲滅《せんめつ》し、白虎山を死守するか。

白虎山を見捨てて、高俅を救いに向かうか。

白虎山を死守すれば、童貫への面目は立つ。だが、高俅の軍は全滅するだろう。

高俅を救いに行けば、奴への面目は立つ。だが、童貫から叱責を受けるのは確実だ。せっかく作った奴との繋がりも切れる。

そこに、史進という要素を放り込めば、事情は違ってくる。

高俅は、なぜか史進を欲しがった。

山東三山もまた、史進を欲している。

そしてわたしも――。

高俅が史進を欲しがっていなければ、捕らえた後、左目の礼にこの手で殺していた。

猝炫の手が強く肘掛けを摑《つか》んだ。

日頃押さえ込んでいる怨嗟《えんさ》が身内から涌《わ》き上がって来る。

左の視野を奪われたことは、武人にとって大きな痛手である。戦いの場では常に見えない左側に注意を払っていなければならない。

猝炫は以前通りの動きをするために、今まで以上の集中力を使い、戦いのたびに疲労困《こん》憊《ぱい》した。その弱みを配下に見せない苦労もあった。

戦いを積み重ねるごとに、史進への恨みもまたつのって行くのだった。

せっかく捕らえた史進を、むざむざと山東三山に渡してしまうくらいなら、この手で膾《なます》に斬り刻んでやりたい――。
しかし、今から高俅たちを追って間に合うだろうか。

※　※

楊志は名刀吹毛剣《すいもうけん》で押し寄せる官軍を斬り倒して行く。

「耶律《やりつ》猝炫！　猝炫出てこい！　二竜山の青面獣《せいめんじゅう》楊志はここだ！」

大音声で呼びながら、楊志は山寨を進む。

「清風山の花栄はここだ！」

楊志から少し離れた所で花栄が叫んだ。

二人とも、官軍兵を倒しながら節堂へ近づいていた。

※　※

楊志と花栄の声は猝炫にも届いた。

二人は戦いを急いでいる――。

猝炫は眉をひそめる。

足止めをするのならば、戦いを長引かせようとするはずだ。だが、楊志も花栄も、わたしをすぐにでも倒したい様子だ――。

できるならば、白虎山での戦いを早々に済ませて、高俅軍と戦う仲間に合流したい。そう考えているのだ――。

山東三山は自軍の手勢に不安を感じている――。

敵が白虎山を奪取してからでも、援軍は間に合うと考えているのだとすれば、我らが今山を駆け下れば、高俅の援軍に間に合うということだ。

猝炫は椅子を立つ。

「全軍に鼓角で知らせよ。命令は二つ。『領兵指揮使《りようへいしきし》に続け』、『馬の経穴に針を打て』だ」

「承知致しました――。歩兵はどのように？」

「生き残った者がついて来られればよい」

猝炫は言って厩《うまや》へ向かった。

三

何事もなく夜明けを迎えた高俅の軍は、腹ごしらえをすると、官軍が盗賊から奪い取った関所へ向かって出立した。

関所までおよそ四十六里半（約二六キロ）ほどである。今日は関所を通り過ぎ、さらに北へ進んで野営して、明日の夕方には済水の畔《ほとり》に到着する予定であった。

昼前――。

小高い丘陵を越えると、前方十里（約五・五キロ）に官軍の関所が見えてきた。

牙軍の騎馬隊は迂回《うかい》するために左右に開いた。

関所の木戸が開け放たれ、甲冑姿の武人が大きく手を振っている。関所を任せている部曲将のようであった。

牙軍の伝令が馬の速度を上げて関所まで走り、一言二言話してすぐに引き返して来る。

伝令は高俅の馬に並んで走りながら、

「開封より書状が届いているとのことでございます」

と言った。

「分かった。牙軍と共に関所へ入る。ほかの者たちは外を囲んで襲撃に備えよと伝えろ」

「承知致しました」

伝令は馬を回して後方の七千五百の禁軍兵に高俅の命令を伝えに走った。

高俅と五百騎の牙軍、そして史進を乗せた馬車が関所の柵の中に入る。

馬車の左右にを走っていた秦明と黄信は、強い違和感を覚えた。

冑《かぶと》を目深に被《かぶ》っている兵が多い。見知った顔もあったが、見覚えのない兵もいる。

慌てたように二人に背を向けた部曲将らしい男は明らかに初めて見る顔であった。

「罠《わな》だ！」

秦明は狼牙《ろうが》棒《ぼう》を振り上げながら叫んだ。

黄信は背負っていた喪門剣《そうもんけん》を抜く。

官軍に化けた桃花山兵たちが関所の門を閉める。

周囲に待機していた禁軍兵が慌てて柵に駆け寄せる。

平原の東西から雄叫びが上がった。

草地に擬装した布を撥《は》ね上げて、それぞれ五千余りの兵が突進して来る。二竜山、清風山の軍であった。白虎山を囲む砦群を撃破して参集したのである。

柵の内側では、五百の高俅の牙軍を一千ほどの官軍の甲を来た兵が囲んだ。

「どうする黄信」

秦明は狼牙棒を構えながら訊く。

「どうする秦明」

黄信が訊き返す。

今、対峙《たいじ》しているのは自分たちの力で押さえ込んでいた山東三山の兵である。

一方、自分たちが守らなければならないのは、世に三奸と呼ばれる男の一人、高俅であった。

二人ともどちらの味方をすべきかと迷っていると、「兄者！」と叫びながら馬車へ走ってくる者がいた。

「史儷《しれい》！」

女である。紅い甲を身につけている。手には三尖両刃四竅八環刀《さんせんりょうじんしきょうはつかんとう》と朴刀《ぼくとう》を持っている。

格子の中の史進が叫んだ。

「九紋龍の兄妹が揃《そろ》ったか」

秦明が言う。狼牙棒を持つ手に力が籠もる。

史儷の後ろから鉄の錫杖《しゃくじょう》を持った僧形の偉丈夫が走ってくる。魯智深《ろちしん》であろうと秦明は思った。

「どうする秦明」

黄信がもう一度訊いた。

「なにをしている！」高俅が秦明、黄信を怒鳴りつける。

「戦え！」

史儷と魯智深が、馬車を背にする秦明と黄信に対峙した。

「ままよ！」

秦明は叫ぶなり、くるりと後ろを向いて狼牙棒を格子に打ち付けた。

「そうするか！」

黄信は肯くと喪門剣を振り上げて、格子を叩《たた》き斬った。

史儷と魯智深は、秦明、黄信に打ち掛かろうとして足を止めた。

「ぐずぐずするな！　檻を壊せ！」

秦明は史儷と魯智深を振り返って言う。

「応！」

魯智深は錫杖を格子に打ち下ろした。

史進は武器や木片が当たらないように隅へ逃れている。

「裏切るか！」

高俅は叫んだ。

「悪いな。そういうことになる！」

黄信は叫び返した。

格子はその半分が打ち壊された。

「史進は手足が利かぬ！　助け出せ！」

秦明が言った。

史儷は馬車に飛び乗る。

「兄者──」

史儷は馬車の隅にうずくまる史進を見て、思わす声を詰まらせた。

「史儷。心配したか？」

史進は史儷を見上げて言った。

「当たり前だ！」

史儷は怒鳴った。涙がこぼれそうになるのを堪《こら》えた。

「そうか。すまなかったな」

史進はにっこりと笑うと跳び上がり、史儷の手から八環刀を奪うと外に飛びだした。

「史進！　手足はどうした？」

秦明が驚いた顔で言う。

「史儷が必ず何か仕掛けると思って、時を稼いでいたのさ。針を抜かれた次の日には元通りだ」

史進は二度、三度、地面を強く足で踏みつけると、勢いよく八環刀を回した。鉄の輪が涼しげな音を立てた。

史進が囚人馬車を脱出したのを確認した桃花山兵が角笛を吹いた。

「史進！」

高俅は歯がみして剣を抜いた。

「お前の話、面白く聞いた。もっと深く話がしたかったが、今はこういう状態だ。またいずれ、話を聞いてやるよ。もっとも、今度はお前が囚人になりそうだがな」

史進がそう言った時、牙軍の兵十数騎が駆け寄せて、高俅を取り囲んだ。

外の禁軍兵たちは、中に味方がいるので矢を射るわけにもいかず、柵に取りつき揺すって倒そうとした。そこへ山東三山兵が矢を浴びせる。背後からは二竜山、清風山の兵たちが斬りかかる。

関所の周囲では騎馬戦が繰り広げられている。

柵の内側では、数の上で圧倒する桃花山兵たちが、高俅の牙軍を南側に追いつめている。

二十一里半（約一二キロ）離れた四重目の砦から狼煙《のろし》が上がった。敵襲の合図である。

白虎山から兵が駆けつけたにしては早すぎる――。

三山軍の兵たちが訝《いぶか》しく思っていると、南の平原に土煙が上がった。灰褐色の靄《もや》の中に小さく見えるのは黒い甲冑。そして禁軍の旗であった。

耶律猝炫を先頭に、猖獗隊、北狄《ほくてき》軍、禁軍が関所へ向かって疾風のように駆けて来る。

「駸穴《しんけつ》を使ってやがるな！」

史進が舌打ちした。

「史進。引き上げ時だ」魯智深が禁軍兵と斬り結びながら言った。

「高俅をとっ捕まえられねぇのは残念だが、またの機会にしようぜ」

史進は八環刀で一気に三人の騎馬兵を薙ぎ斬り、
と訊く。

「逃げ道は？」

「あっちだ」

禁軍兵相手に朴刀をふるう史儷が顎で北側の柵を差した。

戦いは関所の南側で展開されていて、北側に敵の姿はない。

数十頭の桃花山兵の馬が、柵に結びつけた綱を一斉に引いた。

柵は一気に倒れ、それを見た桃花山兵は禁軍兵に鋭い一撃を浴びせて馬に飛び乗った。

桃花山騎馬兵が、史進、史儷、魯智深の馬を引いて駆け寄せる。

三人はそれに飛び乗った。

「史進さま！」

馬車の側で声がした。

見ると、鄧が馬車の下から這いだして来た。

史進はすぐに駆け寄り、鄧を馬の上に引きずり上げた。

禁軍騎馬兵が朴刀で斬りかかる。

史進は八環刀でそれを受け、押し返し、馬を関所の北側へ走らせた。

桃花山兵たちは一斉に関所の北側から脱出した。西側に方向を変えて馬を走らせる。

気づいた禁軍兵がそれを追う。

その時、平原の北に土煙が上がった。

ざっと見ただけで三万ほどの大軍が魚鱗《ぎょりん》の隊形で押し寄せてくる。

童貫の軍であった。

後方の一万は、高俅が補給部隊に護衛としてつけた禁軍兵たちであった。

「くそっ。多勢に無勢にも程があるぜ」

史進は史儷の馬に並びながら舌打ちした。

「白虎山へ入る」

史儷は顎で前方の狼煙を差した。

四重の砦から煙が立ち上っている。白虎山に近い一重目と二重目は霞んでほとんど見えなかったが、三重目、四重目の砦からは白い煙と黒い煙が交互に上がっている。

「白虎山を奪還したという知らせだ」

史儷は馬を白虎山へ向けた。

八百ほどに減った桃花山兵たちはその後に続く。

左側から禁軍騎馬兵たちが突っ込んでくる。

二竜山、清風山騎馬隊がそれを追撃する。

混戦の中を突っ切って、史進たちは白虎山に向かってひた走った。

二竜山、清風山、桃花山軍の鼓角が鳴る。

三軍は東西と南、三方に駆け出した。

「深追いさせるな！」

高俅が怒鳴った。

禁軍の鼓角が鳴り、追撃を開始していた禁軍騎馬隊が関所の方へ戻って来た。猝炫と北狄兵もまた、関所へ向かって走る。

高俅は土煙を上げて駆けてくる童貫の大軍を見て歯がみをした。

童貫の軍は関所の十里（約五・五キロ）ほど手前で進軍を停止し、三騎の馬が駆けてきた。

童貫と護衛の兵士であった。

白地に金の縁取りのある派手な甲を着た童貫は、嘲るような笑みを浮かべながら高俅に近づいた。

「せっかく手に入れた白虎山を、奪還されたようだな」

「それはあの男の失点でございましょう」

高俅は近づいてくる猝炫を見ながら言った。

猝炫は無言で馬を下り、二人の前に蹲踞した。

「耶律将軍はお前の危機を救うために山を出たのだと余には思えるのだがな。だとすれば、関所の罠にむざむざとはまってしまったお前のせいではないか？」

「我らが罠にはまる所を見て御座《おわ》したか？」

童貫はにんまりと笑った。

「年取ると遠くのものがよく見えるでな」

斥候を出して、戦いが始まってから軍を動かしたか――。高俅は沸き上がる怒りを宥《なだ》めた。

「おかげさまで助かりました」

と、頭を下げる。

「白虎山を奪い返されたのは仕方があるまい。まぁ、貸しにしておこう。これからここに砦を築くから、手伝え」

「砦でございますか？」

高俅は眉をひそめる。

「白虎山を取られたからな。真相より、梁山泊が山東支配に乗りだしたという話を聞いた。本当ならば山東四山を落として、梁山泊軍の勢力が北に向かわぬよう押さえたいところだが、白虎山を失った今、橋頭堡《きょうとうほ》となるべき場所を作らねばならん。ここに大規模な砦を築き、梁山泊軍を止める」

「なるほど……。お手伝いいたしましょう」

「兵だけでよい。お前は開封へ戻れ。供を数名つけるのは許そう。寂しく南薫門《なんくんもん》をくぐるがよかろう」

　言いながら童貫は壊れた囚人馬車に目を向けた。

「誰か人質がいたのか？」

「はい……」

「誰だ？」

「田舎の豪傑でございます。名を申しても、童貫さまはご存じありますまい」

「名を隠したいのか？」

「別に隠したいわけではございませぬ」

「ならば、申してみよ」

「史家村《しかそん》の生まれ、五紋龍の史進でございます」

「聞かぬ名だな。だが、山東三山が奪い返しに来たということは、重要な男であったのだろうな。白虎山を奪われ、人質も奪われか。気の毒なことだ」

　童貫はふんっと鼻先で笑った。

　高俅は何も答えず一礼すると、その場を去った。

　童貫はそれを見送り、猝炫に顔を向けた。

「せっかく手に入れた白虎山、奪われてしまったな」

　感情の籠もらぬ声音であった。

「高太尉が山を出てすぐに敵が攻めて参りましたので、これは太尉にも危機が迫っていると悟りました。山を守るか、太尉を守るかと迷い、太尉のお命を選びました」

猝炫は頭を垂れる。

「放っておけばよかったのだ」

童貫がぼそりと言う。

猝炫は顔を上げた。

「なるほど――。その選択は気づきませんでした」

「余にも高俅にもいい顔をしようとするからそういうことになる」

「北狄軍は弱い立場でございますから」

「余の力が弱まった場合、また、高俅の力が弱まった場合――、どちらかにベッタリとくっついていれば立場が悪くなるということか」

「御意」

「余も高俅も倒れれば、蔡京《さいけい》につくか？」

「そういうことになりましょうな」

「万が一、遼国《りょうこく》が宋国を滅ぼした時には遼国につくか――。ああ、遼国はお前の祖国であったな」

「遼国が西夏《せいか》に変わっても、女真《じょしん》に変わっても。我らはすぐに掌《てのひら》を返します。北狄軍は傭兵でもなく、正規軍にも加えてもらえない。中途半端なままに放って置かれておりますれば」

「いじましいな。放って置いても、向こうから『こちら側についてくれ』と、懇願されるような存在になればよい」

「四千、五千の兵では、無理でございましょう」

「ならば、集めればよいではないか」

童貫はじっと猝炫を見つめる。

北狄軍の始まりは、傭兵部隊であった。宋国軍に雇われ日銭を稼いでいた傭兵たちの中で、猝炫を中心に遼国人が集まり、やがて一閭《ろ》――百人隊で雇われるようになった。

さまざまな原因で遼国から逃れて来た者や、女真に追われて土地を捨てた靺鞨《まっかつ》族などを受け入れ、五つの部曲、五千人の軍になったのは二年ほど前であった。

もとより、もっと兵を集めて正規軍を圧するほどの軍団に育て上げたいとは思っていたが、北狄軍が力をつけて行くことを正規軍も大内の高官たちも快く思わないに違いない。

そういう判断で、猝炫はあえて兵を集めるということはしなかったのである。

しかし、宋国軍の最高司令官が兵を集めればいいと言う。これは好機であった。

猝炫は落ち着いた口調で言った。

「集める――。考えが及びませんでした」

「嘘《うそ》を言え。遼国の王族の血を引くお前が、いつまでも宋国人の土兵ばらにぞんざいに扱われることをよしとするものか」

「枢密院太尉が、北狄軍が兵を集めることをお命じになったと解釈してよろしゅうございいましょうか？」

「構わぬ。ただし、大軍となったならば、余の下で働け」

「そういうことでございますか」

「お前が大軍を率いて余につけば、怖い者はない。こちらから遼国に攻め込み、お前の遺恨を晴らすこともできようぞ。そのあかつきには、お前に遼国の故地を任せてもよい」

「我が祖先、耶律《やりつ》突欲《とつよく》は渤海の故地を任されました――」

猝炫は一瞬、遠い目をした。

それを見逃さず、童貫は訊く。

「お前はそれを狙って宋国へ参ったのか？」

「ただただ命からがら逃げて参っただけでございます」

猝炫は頭を下げて表情を隠した。

「まぁよい。どうだ。兵を集めてみぬか？」

「書面でお命じ願えましょうか」

「それはできぬな。その書状が蔡京や高俅の手に渡れば面倒なことになる」

口約束ということか――。猝炫は思った。

口約束ならば、自分の立場が危うくなれば、すぐに反故《ほご》にして知らぬ存ぜぬを通せる。

ならば、こちらも口約束をすればよい。

「承知致しました。兵を集め、北狄軍が大軍となりましたらば、枢密院太尉の下で戦いましょう」

「女真の阿骨打《あこつだ》の動きが慌ただしい。近いうちに国を建てるつもりであろうな。とすれば、遼国の国境辺りが焦臭《きなくさ》くなる。国力の弱っている遼は、勢いのある女真に戦を仕掛けられれば負ける。見切りをつけて遼を出たいと思っている武人もおろう。兵の集め時だ」

「今すぐに行けと？　北狄軍はいかがいたしましょうか？　これより山東三山との戦になりましょう。兵は幾らでも多い方が――」

「いらぬ。連れて行け。お前だけ旅立たせれば北狄軍も困ろう。周りは正規軍と禁軍ばかり。しかも、頼りの将軍がいないとなればな」

「左様でございましょうな」

「こちらは余が率いた二万。補給部隊の警護をしていた禁軍が一万。討伐軍も北狄軍を引いても一万前後はいよう。向こうも下手に手は出せまい。ならば、しばらくの間、主な仕事は戦ではなく砦の建設だ。北狄軍がここにおれば、奴らにばかり仕事をさせて正規軍も禁軍も怠ける」

「つまり、北狄軍は退けと」

「そういうことだ」

童貫は冷たい目で猝炫を見た。

正規軍のみで山東四山を奪い、東から梁山泊に睨《にら》みを利かせる砦とするつもりなのだ――。

猝炫は思った。

童貫は、自分に正規軍を貸して、山東四山の力を試したのだ。そして、これならば二万の兵で事足りると判断し出陣した。

利用されることには慣れていたが、それが明白になるたびに猝炫の胸は痛んだ。以前に比べるとその痛みもずいぶん軽いものになった。しかし、ちくりと鋭い針で刺されるようなそれは何度繰り返されても慣れることはなかった。

いつになればこの痛みを感じなくなるだろう。

心についた無数の傷が血を流さなくなるだろう――。

「承知致しました。明日の朝、引き上げましょう」

猝炫は一礼して踵《きびす》を返し、自分の陣へ戻った。

四

討伐軍は、童貫が連れてきた三万騎が合流したことで歓喜に沸き立っていた。これで白虎山を再度奪うことができるし、残る三山との戦いも有利に進めることが出来ると喜んだのである。

しかも、目障りな北狄軍が引き上げるという。それもまためでたい知らせであった。

陣の中では、早々と酒盛りを始めている兵たちもいた。

そんな中で、苛々《いらいら》とした様子で斧《おの》の刃に砥石《といし》を走らせている兵がいた。

片手で振り回す柄の短い斧である。敵を叩き斬る武器であるが、時に投げつける飛び道具ともなる。この男の使う斧は黄金の鍍金《ときん》を施しているので、金蘸斧《きんさんぶ》と呼ばれていた。研いだ刃の部分だけが鈍い銀色である。

男の名は索超《さくちょう》。北京大名府留守司正牌軍《せいはいぐん》の兵であった。北京大名府留守の梁世傑《りょうせいけつ》に命じられて討伐軍に入った。

索超は自分の務めは大名府を守ることだと思っていたから、上官から伝えられたその命令を最初は断った。

しかし、直接梁世傑に呼び出されて、

「このたびの事は、真相閣下（蔡京）の命令である。なんとしてもお前に手柄を立てて欲しいとのことだ」

と、言われて渋々承諾したのであった。

梁世傑は蔡京の娘婿である。

どうやら大内の内側で、様々な確執があり、それが今回の人事に繋がっているらしい。難しい政や、大内の人間関係の事は索超には分からなかったし、興味もなかった。だが、真相に「手柄を立てて欲しい」と見込まれたことは悪い気はしなかった。

だが――。

白虎山との戦では、ほとんど出る幕がなかった。自分が先んじて敵を討とうと前に出ると、必ず北狄軍に邪魔をされた。

その北狄軍は陣を引き払ったが、合流したのが童貫の軍だというのが気に食わない。世の中に流布している蔡京や梁世傑に関する悪い噂は、みな童貫が流したものだと上官に教えられていた。

今回の討伐軍も童貫の肝煎《きもい》りだから、陥れられないよう充分に気をつけるようにと言い含められていたのである。

その悪の親玉自らが出陣して来て、これから討伐軍の指揮をとるという。

「まったく面白くない――」

索超は研ぎ上がった金蘸斧の刃に親指を当てて、仕上がり具合を確認した。

「なんだ。兄者は飲まないのか？」

と、声を掛けて横に座った者がいた。

索超と同じくらいに筋骨逞《たくま》しい男である。彼の弟子、周謹《しゆうきん》であった。

実はこの男、周家に養子に出された索超の弟である。日頃、他人の前では師弟関係を保ち兄弟である素振りも見せないし、姓が違うので多くの者は兄弟とは知らなかった。

しかし、この行軍の間にその関係に変化があった。

周謹が人前でも索超に対して弟として接するようになってきたのであった。

おそらく怖いのであろう――。

索超はそう察した。

周謹の武術の腕はなかなかのものであった。しかし線の細い所があり、それを隠すために荒々しい言動をする。

何度も叛乱鎮圧に出陣したことはあったが、いずれも雑魚のような盗賊団相手の戦いであった。山東三山の盗賊たちのような猛者相手の戦は初めて。

実の兄をより身近に感じることで、恐怖を和らげようとしているのだろう――。

だから、索超は周謹に「兄者」と呼ばれても咎《とが》めることはしなかった。

「童貫太尉が持ってきた酒など飲めるか」

索超は唾を吐いた。

「真相の息のかかった兵も少しいるようだったから、後から酒と肴《さかな》を回してもらおうか」

「いらん」

索超は頑《かたく》なに首を振り、砥石を動かし続ける。

「あんまり研ぐと、刃が無くなっちまうぜ」

周謹は笑った。

「金蘸斧のことは、お前よりよく知っている。研ぎ過ぎることはない」

そう言いながらも索超は砥石を置き、ぼろ布で刃を拭った。

「まぁ、明日からは色々と局面の変化もあろう。北狄軍がいなくなったから、戦が起きれば暴れ回る好機よ」

「だから、金蘸斧を研いでいたのだ。お前も剣をよく研いでおけよ」

「研ぐまでもない。一度も鞘《さや》から抜いていないのだからな」

周謹は笑う。

「ならば、刃が錆《さ》びておらぬか調べておけ」索超は周謹を追い払うように手を振った。

「剣を錆びさせるのは武人の名折れだ」

「分かった、分かった」

周謹は言って立ち上がり、宴の輪の方へ戻って行った。

周謹は索超のような豪傑とはいかないまでも、そこそこ腕の立つ男であったが、何事にも少しだけ手を抜くのが欠点であった。

「そのうちそれが原因で命を落とすことになるぞ――」

索超は呟《つぶや》いて金蘸斧を腰の帯にとめた革の鞘に収めた。

※　※

肩を揺すられて唐突に目覚めた。

体に触れられるまで気がつかないほど深い眠りは久しぶりだった。

「儷か……」

史進は寝台の上に身を起こした。

辺りはまだ薄暗い。真新しい材木のにおいがする。質素な造りの小屋の中である――。

そうか。白虎山の山寨にいるのだ。戸口の外に鄧の姿が見えた。山寨に来ても、史進の身の回りの世話を買って出たのである。

「大丈夫か？」

史儷が気遣わしげに史進を見下ろしている。真紅の袍《ほう》を纏《まと》い髪を結い上げていた。

「ああ。捕らえられている間は気が張って熟睡していなかった。お前が近くにいてくれるってだけで安心して眠り呆《ほう》けてしまったんだろうよ」

「バカ」

史儷は言ったが、その顔には嬉《うれ》しそうな表情が浮かんでいた。

「官軍の陣になにかあったか？」

「北狄軍が北へ向かった」

「陣を出たというのか？」

史進は寝台を降りて、まだ強張《こわば》りの残る四肢の筋肉を伸ばした。

「呉用は童貫が厄介払いをしたのだろうと言っている。高俅も陣を出されたようだ」

「なるほど。童貫は手柄を独り占めしたいんだな」

「そういう単純なことならばいいのだがな――。兄者の体の具合がいいようであれば、連れて来いと言われた。戦評定だ」

「大丈夫だ」

言って史進は真新しい深衣に着替えて小屋を出た。

二人揃って節堂に入ると、長い卓には呉用と宋江《そうこう》、孔太公《こうたいこう》、孔兄弟、武松《ぶしょう》、二竜山の楊志、清風山の花栄、桃花山の李忠がついていた。

「敵陣に兵はどのくらい残っている？」

史進は席に着きながら訊いた。

「四万くらいだな」呉用が答えた。

「童貫の三万と、前からの兵が一万数千」

「こっちの軍勢は？」

「二竜山は五千」楊志が言った。

「白虎山の西に陣を張っている」

「五千か。山寨の守りは大丈夫か？」

「半分残してきた」

「二竜山は全部で一万の兵か――。ずいぶん増えたな」

史進は感心したように言った。

「清風山もそのくらいまで増えた」花栄が言う。

「連れてきた兵は白虎山の東に五千」

「桃花山は――」李忠はばつが悪そうに頭を掻《か》く。

「二山にはまだまだ追いつけぬ。全部で八千。連れてきたのは四千で、白虎山の守りに就いている」

「我らの軍は一万四千か」史進は腕組みをする。

「梁山泊軍はまだ合流できないのか？」

「まだのようだな」呉用が答えた。

「とりあえず、一万四千で四万数千の敵と戦わなければならん」

「敵は――」花栄が言った。

「平原のど真ん中に陣を敷いている。昨日から堀を掘り、防塁を築く作業をしている。あの場所に砦を作り、我らが北に勢力を広げるのを防ぐ構えだ」

「叩くなら今のうちだろうな」

楊志が言った。

「砦を作る前にってことか」

史進は顎を撫《な》でた。

「どう攻める?」

史儷が訊く。

「勝ちもせず、負けもせず、相手を追い返したい」

「勝ちもせずってのは、どういうことだ?」武松が言う。

「戦には勝たなきゃならねぇだろうが」

「こっちが勝てば、敵はムキになって何度も戦いを挑んでくる。梁山湖の戦いでは完勝してしまったが、あれはまず仕方がないこととして、これからしばらくは、ああいう勝ち方は避けたい」

「なるほど――」

宋江はそう言ってから、呉用の話に肯定的な反応をしてしまった自分に渋い顔をした。

「敵に『今回は見逃してやる』と、負け惜しみの言い訳ができるようにしてやるということか。敵は撤退した後、態勢が整うまでこちらに攻撃は仕掛けて来ない――」

「今の宋国を考えれば――」呉用が宋江の言葉に被せるように付け加える。

「戦って勝てそうにもない相手でありながら、しかもこちらに積極的に攻めてこようとしないのであれば、そこに居ないものと考える」

「つまり、棚上げにするということか」

史進が言った。

「目に見えている問題が、近々の危機に直結しないのであれば、先送りにする」花栄が言った。

「敵に付け入る隙があれば、下手に出て自分の側へ引き込もうとする――。わたしも役人であった経験があるが、そういう考え方をする奴は多い」

「自分の側に引き込もうとするのはまだ先の話だがな――」呉用は言う。

「それは充分に用心しなければなるまい」

「だから、どう攻めると訊いている」

史儷は苛々と言って、横道に逸《そ》れた話を引き戻す。

「まずは正攻法で行くか」

呉用は大きな絵図を卓の上に広げて兵略を説明した。

朝食を作る煙が、討伐軍の陣のあちこちから立ち上っていた。

※　　※

歩哨に立つ兵たちは、緊張した面もちで白虎山の方角を見つめていたが、そのほかの者たちはいたってのんびりした様子である。昨日到着した童貫の軍は、訓練も受けていない盗賊相手の戦となめきっていたし、何度か盗賊たちと戦った官軍兵たちもまた、喉元を過ぎて熱さを忘れ、「たかが盗賊」という気持ちが心を支配していたのである。

それは、一種の防衛反応であったかもしれない。戦いの間、心を痛めつける死の恐怖と緊張をなんとか和らげなければ、正気を保って行くのが難しいからである。

史進を奪い去って行ったのだから、もう盗賊共は追撃して来ない——。

そういう意味もない確信で、己を安心させてもいた。

出来たばかりの柵の木戸を守る十人の兵は、前方十里（約五・五キロ）の小高い丘に動くものを見つけた。砦は東西と南を丘陵に囲まれていた。その南側の丘の上である。

はっとして目を凝らす。

小さい点のようなそれは、確かに人の頭であった。丘の向こう側からこちらの様子を窺《うかが》っている。

点の数が増える。

三つ、四つ——。

十、二十——。

近くの百姓が見物しに来たのか。

歩哨たちはまずそう思った。

史進を奪った盗賊団は、もう三山へ逃げ帰った。だから、あれは盗賊兵ではない。

楽観したい心理が最初の判断を誤らせた。

だが——。

丘の向こうの頭は微妙に揺れている。

丘の向こうに立っているとか腹這いになっているとかならば、そのような動きはしない。

馬に乗っているのだ——。

それに気づいた歩哨たちの顔が引きつった。

「敵襲だ!」

一人が掠《かす》れた叫びを上げた。

「敵襲! 敵襲!」

別の一人が叫び、合図の角笛を吹いた。

その時には、山東三山の騎馬兵たちは丘を駆け下りていた。

その数二百。手に手に騎射用の一番強い弩《ど》を持って、両手離しで矢を詰め込んだ箱を弩の上に取り付けた。連射の弩である。

その背後に、二人乗りの騎馬が駆け出す。その数百騎。

騣穴に針を打った馬たちは、一気に砦との距離を詰めた。

柵の内側に官軍弓隊が集まり、弦に矢をつがえて引き絞った。

三山の騎馬隊は一斉に矢を放った。

二百の矢が空を飛ぶ。

騎射兵は次々に矢を放つ。

二百の矢の二段、三段が砦に向かって降り注ぐ。

砦からは千の矢が飛ぶ。

空中で矢が交錯する。

騎馬隊は素早く馬の向きを変え、丘へ向かう。後ろの百騎が前に出る。

地面に突き刺さった官軍の矢を蹴散らしながら砦に接近する。

官軍弓隊が二の矢を構える。

二人乗りの背後に乗った兵が、腰の袋から素焼きの球を取り出す。椀《わん》を二つ合わせたほどの大きさである。青銅の器に入れた炭火で、球から飛びだした導火線に火をつけ、騎手に手渡す。

騎手は投擲帯《とうてきたい》にそれを挟んで振り回し、空高く飛ばした。

一連の動きは流れるようで、官軍弓隊が矢を放つ前に、素焼きの球百個は馬防柵を越えて砦の中に落下した。

二人乗りの騎馬隊は左右に展開したかと思うと、官軍の矢頃（射程）を離れて一気に丘まで走った。

素焼きの球は一千の弓隊の頭上で爆発した。

轟音《ごうおん》と煙、炎。

そして、中に仕込まれていた細かい鉄片が、風を切って飛び散った。

鉄片は弓兵に突き刺さり、肉を引きちぎり、骨を砕いた。

絶叫が響き渡る。

焔硝球《えんしょうだま》であった。

焔硝を使えば梁山泊との繋がりを敵に知られることになる。しかし、梁山泊はもうじき山東を支配する。もう梁山泊と山東四山の繋がりを隠す必要もなかった。

砦内を包み込む黒煙の向こうに、丘を駆け下りてくる二千余りの騎馬軍が見えた。

「砦を出て迎え撃て！」

部曲将の一人が叫んだ。

騎馬兵たちは馬に飛び乗る。

大きく開いた幾つかの木戸を、次々に騎馬兵が駆け出す。その数三千。

隊列を整えぬままに三山騎馬軍に向かって駆けた。

歩兵三千も矛を持ってその後を追う。

三山騎馬軍は魚鱗の隊形で突進する。

先頭には楊志がいた。

官軍は乱れた形ではあったが、鶴翼に隊形を広げて、三山騎馬軍を包み込むように展開した。

三山騎馬隊は官軍騎馬軍のど真ん中に突っ込んだ。

盗賊兵たちは朴刀を振り回し、すれ違う官軍騎馬兵を斬り落として行く。

官軍騎馬兵は三山騎馬の素早い動きについて行けず、次々に倒されて行く。

官軍騎馬兵を五人ほど倒し、囲みを突き抜けた楊志は、歩兵の群に突っ込む。

蹄で蹴散らし、馬から乗り出すようにして吹毛剣を振るう。

官軍歩兵は、駆け寄せる三山騎馬軍をどうすることも出来ずに左右に逃げた。

楊志を先頭に、隊列を整えた騎馬軍は、砦の木戸に突進した。

砦を飛び出そうとしていた官軍の第二陣が木戸の前で躊躇《ちゅうちょ》する。

間近まで迫った楊志には、官軍兵の怯えた顔がよく見えた。

楊志は、からかうように木戸の直前で方向を転換した。

官軍の一陣は、自分たちのど真ん中を抜けて行った三山軍を追おうと、方向を変える。

三山騎馬軍はさっと左右に分かれて、向きを変えた。

官軍は、再び自分たちの横を擦り抜けて行く三山騎馬軍を追うべく向きを変えた。

その背後から楊志が斬り込む。

官軍の真ん中を背後から斬り払いながら、楊志は三山騎馬軍に追いつき、先頭に立った。

砦から官軍の二陣、騎馬兵三千が飛びだした。

後に続こうとしていた歩兵と、三陣の騎馬軍に童貫が叫んだ。

「二陣の歩兵、三陣の騎馬兵！　追うな！　砦を守れ！」

童貫の声に、兵たちは動きを止める。

砦に残った三万一千ほどの官軍兵は、土塁のそばに武器を運んで守りの態勢を整えた。

騎馬兵と歩兵が柵の外に出て、守りを固める。

一陣、二陣の騎馬兵、歩兵九千は、そのまま三山軍を追う。

楊志が丘を越えようとした時、背後の左右から鬨《とき》の声が上がった。

身を潜めていた清風山軍と桃花山軍が、官軍の一陣、二陣を左右から挟み撃ちにしたのである。

突然、左右の低い丘陵を越えて現れた伏兵に、官軍は慌てた。

「退け！　砦に退け！」

部曲将たちが叫ぶ。

清風山軍と桃花山軍の動きは速く、あっという間に官軍は取り囲まれて、混戦となった。

楊志の軍は丘の上で方向を変え、その混戦の中に突っ込んだ。

官軍の兵たちが戦いを放棄して砦へ逃げる。

三山軍は追わず、立ち向かってくる官軍兵たちと斬り結んだ。

白兵戦になると、官軍の動きが俄然《がぜん》よくなった。訓練を積んだ者とそうでない者の差が現れ始め、三山軍の死傷者が増えていった。

「将軍はどこだ！」

戦場に怒鳴り声が轟《とどろ》く。

周謹が矛を振り回しながら叫んでいるのであった。

「おれは北京大名府副牌軍の周謹だ！　将軍、出てこい！」

横で金蘸斧を振るって戦う索超が、その尻馬に乗るように悪口《あっこう》を叫ぶ。

「こんな歯ごたえのないクズどもを束ねている将軍は、さぞかし腰抜けに違いない！　お前の名を聞いて尻尾を巻いて逃げてしまっただろうよ！」

二人の怒鳴り声を聞いた楊志が、官軍騎馬兵を一人叩き斬ってその矛を奪った。

その矛の柄を口にくわえ、吹毛剣を血振いすると、血糊《ちのり》はすべて刃の上を玉となって滑り落ちた。

楊志は剣を鞘に収め、周謹と索超の側に駆け寄せた。

「おれは将軍の一人、楊志という者だ。野良犬のように吠《ほ》えていたのはお前たちか！」

楊志は馬上で矛をぶるんと振った。

「青面獣の楊志か！」周謹はにやりと笑った。

「噂は聞こえているぞ！」

「そこの黄金色の斧を持った男ならば知っている。索超であろう？」楊志は索超を顎で差し、次いで周謹に冷たい顔を向けた。

「だが、お前の名は知らぬな」

「やかましい！」

周謹は顔を朱に染めて怒りの表情を浮かべた。

「副牌軍の兵卒ふぜいが、おれに戦いを挑むとはかたはら痛い。索超。お前が相手にならぬか？」

「まずは弟と戦え」

索超は言う。

「ほぉ。この男はお前の弟か。だが、おれと戦えば、弟は死ぬぞ」

「なにっ！」

周謹はいきり立つ。

その様子を無視して、楊志は索超に話し続ける。

「おれはお前を連れて帰りたい」

「捕らえるというのか？」

「いや。お前は世直しのために世に放たれた百八つの星の一つ、天空星《てんくうせい》を持つ豪傑だ。おれと一緒に来い」

「なにを訳の分からんことを言っている」

索超は眉をひそめる。

「腐った為政者の下で戦うことが恥ずかしくはないか？」

「うむ……」

索超は日頃心の中に蟠《わだかま》っていることを言い当てられて、思わず小さく呻《うめ》いた。

「北狄軍に動きを封じられていたのは見ている。今日の荒れようは、童貫が乗り込んで来たからであろう。さしずめ、お前は蔡京の差し金で討伐軍に加えられたのだろうからな。高俅が牛耳る北狄軍も、童貫の正規軍も気に食わないと感じているはずだ。だが、蔡京もまた奸賊。お前が仕えるべき者ではない」

「やかましい！」叫んだのは周謹だった。

「盗賊ふぜいが利いた風なことをぬかすな！」

周謹は楊志に向かって矛を突き出した。

楊志は馬上で上体を傾《かし》げ、切っ先を避《よ》けた。

「修練が足りぬな」

楊志は周謹が引き戻そうとした矛の柄を摑み、ぐいっと引いた。

周謹は矛を奪われ顔色を失った。

楊志はそのまま奪った矛の石突で周謹を攻撃する。

目にも止まらぬ突きが周謹を襲い、石突が甲に当たるたびに金属音を発した。

周謹が馬を引けば楊志は前に出て、右に行けば右、左へ避ければ左と追う。楊志は正確に周謹の正面に回って甲への突きを繰り返した。瞬く間に周謹の甲は傷だらけになった。

索超は唇を真一文字に引き結んで二人の戦いを見つめていた。

楊志と弟とでは、格が違う——。

間に割って入りたい気持ちが湧き上がったが、索超は動かなかった。武人同士の戦いである。周謹が負けを認めなければ、戦いは終わらない。

周謹は青い顔のまま、必死で剣を振り回し、楊志の矛の柄を切り落とそうとしている。

だが、楊志は紙一重で周謹の刃を避け、矛の柄には髪の毛ほどの傷もついていない。

自分が戦っても、勝てるとは限らぬな――。

索超は気味の悪い汗が腋《わき》の下を濡《ぬ》らすのを感じた。

よくて相打ち。下手をすればこちらがやられるかもしれない――。

その時、すぐ近くで声が上がった。

「楊志！　いつまで遊んでいる！」叫んだのは花栄だった。

「引き上げ時だ！」

美しい顔が返り血で染まっていた。

「よし！　引き上げるぞ！」

楊志は叫び、周謹の喉元を強く突いた。

周謹は「ぐうっ」と呻いて落馬した。

楊志は、地面にうずくまって必死で息を吸い込もうとしている周謹を一瞥《いちべつ》し、「もう少し修練を積め」と言い捨てる。

そして、索超に顔を向け、

「おれが言ったこと、考えておけ」

と言って馬を走らせた。

「引き上げだ！　引き上げだ！」

李忠が声を上げて南へ馬を走らせた。

三山騎馬兵は官軍の兵を突き放すと、三方向へ散った。

砦で鼓角が鳴らされた。

深追いせずに砦へ戻れの命令である。

官軍兵たちは息を切らせて負傷した仲間を助け起こし、砦へ引き返す。

索超は咳《せ》き込んでいる周謹に手を貸して馬に乗せ、一度、楊志が駆け去った方角を一瞥すると、砦へ馬を走らせた。

官軍の兵は七千に減っていた。砦で焔硝球の犠牲になった兵は五百――。一度の衝突で、二千五百の兵が減ったのであった。

※　※

楊志たちは砦から二十一里半（一二キロ）離れた、官軍の作った砦に集まった。

そこでは、官軍の砦攻略のための基地にすべく、数百人の三山兵によって修復が始められていた。三山軍が破壊した残りの十一の砦から、使えそうな木材や天幕が次々に荷車で運び込まれて来る。史進と史儷が、新しく立てられた大きな木戸の側でそれらの置き場を指示していた。宋江や武松、孔太公らは白虎山の山寨に残り、預けられた三山兵の配置を指示している。

「どれだけ減らせた？」

馬防柵の建て直しを指揮していた呉用が訊いた。

「せいぜい二千か三千ってところだな」

李忠が渋い顔をして答えた。

「こっちの損耗は？」

「およそ五百」

近侍から受け取った布で顔の返り血を拭いながら花栄が答える。

「官軍の奴ら、腰抜けばかりと思っていたが、なかなかいい戦いぶりをする」

楊志が近侍に馬を預けながら言った。

楊志たちが戻ってきたのを見て、史進、史儷、魯智深が歩み寄った。

「敵を誘《おび》き出す兵略は、引っ掛かってもせいぜい一回だな」李忠が言う。

「もう一度仕掛けても連中は砦を出てこないぜ」

「第一撃は次への布石だ」

呉用は鼻で笑う。

「布石？　それじゃあ、第二撃はどうするってんだ？」

「李忠の言うように、次に三山兵が姿を見せれば、敵は警戒して陣に留まる。斥候を出してこちらの布陣を見極めるまで動かない。陣に留まるということはつまり、敵は一箇所に固まっているということだ」

「固まっていればそこに集中して攻撃できる」史儷が言う。

「だが、こちらが陣を敷ける場所は、砦を取り囲む、東西と南側の丘陵。砦まで十里（約五・五キロ）ある。矢を射かけるにしろ、焔硝球を投げつけるにしろ、敵の矢頃まで近づかなければならん。結局、今回の戦いと同じくらいの損耗を出すぞ」

「騣穴に鍼を打っても限界がある」楊志が言う。

「戻った馬は疲労困憊だ。三日は休ませなければなるまい」

「次に攻める時には、向こうもこちらの馬の速度を計算に入れる」花栄が言う。

「目測を誤ることなく矢を放つぞ」

「なんやかやとうるさいのう」呉用はしかめっ面をした。

「そんなことはすべて考えておるわ」

「あっ！」史進はぽんと手を打って言う。

「離れた所に運ばせた材木を使うのだな？」

「なんに使うか見当がついたか？」

呉用はにやりと笑った。

「投石機だろう？　長い材木ばかり運ばせた」

「ご明察。三山から運ばせようと思ったが、坂の上り下りが面倒だ。ならば作った方がいいと思ってな」

「なるほど」魯智深が肯く。

「投石機は攻城兵器。石垣や煉瓦《れんが》壁、建物さえ打ち砕く。しかも、あの砦には頑丈な防壁もない。大石を打ち込まれればひとたまりもない」

「だが――」史儼は首を傾げた。

「投石機の腕はかなり強い材木で作らなければならない。砦の廃材にそんなものは無かったと思うが？」

「形ばかりでいいのさ」

呉用は言った。

「形ばかりとはどういうことだ？」

楊志が訊く。

「勝ちもせず、負けもせず、敵を引き上げさせる――。そういうことか？」

史儼が言った。

「ご明察、ご明察。東西と南に投石機が現れる。北側は開いている。となれば、敵はどうする？」

「北に逃げるか――」楊志が言う。

「だが、そううまく行くだろうか？　形ばかりの投石機と見抜いたらどうする？」

「連中は、まさかこちらが偽物を持ち出すなどとは考えまい。童貫にも立場があるから、一日二日、あでもないこうでもないと評定を続けるだろうが、最後には尻尾を巻くことになる。その間は充分に騙し続けられよう」

「万が一、ばれた時に備えて布陣を考えておこう」

史儷が言った。

「必要ない」

呉用はふくれっ面で言ったが、豪傑たちは史儷の周りに集まった。呉用も仕方なく史儷の側に立った。

五

四日ほど、山東三山からの攻撃はなかった。

およそ四万の官軍兵は、必死で堀を掘削し、土塁を盛り上げ、一辺一里（約五五三メートル）の柵で囲んだ。天幕の兵舎と板屋根をかけた厩、高床で板壁の食料庫などを建てた。近くの川から水路を引き、水の確保も行った。三山の伏兵に怯えながら、離れた山から煮炊き用の薪《たきぎ》も調達した。幾つかの集落に押し掛けて、渋る住民を脅しつけながら協力をとりつけ、北側の兵站《へいたん》も整えた。

東西と南側の丘陵に見張りを立てたかったが、先に三山の兵が物見台を作り、兵を置いてしまったので叶《かな》わなかった。

そのため、二万の兵を出すよう開封に伝令を走らせた。援軍が到着すれば砦の兵は六万ほどになる。山東三山の兵力はそれを上回ることはないと思われた。

援軍は済南から大きく東西に回り込み、砦の東西、南の丘陵に駐屯する三山軍を背後から突く。混乱に乗じて、正面から砦の官軍が攻め込み、丘を奪取するという兵略を立てた。

四日の間に慌ただしくそれらのことを行い、やっと一息吐《つ》いた五日目の朝――。

抜けるように晴れ渡った初冬の空に、突然、物々しい鼓角の音が響き渡った。

砦の東西、南側に広がる丘陵の向こうである。

「敵襲！　敵襲！」

砦の官軍兵は慌てて武器を取り、出陣の隊列を整えた。

童貫も天幕を出て、三方の丘陵に目を向けた。

鼓角の音と共に、細長い物が丘の向こうから伸び上がる。丸太のように見えた。何本もの綱がぶら下がり、丸太と一緒に揺れている。

「投石機か……」

童貫は掠れた声を上げた。

丸太は、巨石を放り投げ、敵の城を破壊する投石機の腕木であるようだった。

その数、二十数基。

十基ずつ交互に作動させれば、十数個の巨石が間断なく砦に降り注ぐことになる――。

丘の上に騎馬軍が姿を現した。見るからに駿馬《しゅんめ》と分かる美しい馬に乗っている者もいたが、農耕馬であろうと思われる小柄で足の太い馬に乗る者もいた。甲冑もまちまち。数日前の戦いで死んだ官軍から奪った物と思われる甲をまとう者もいたし、籐甲《とうこう》を着こんだ者もいた。いずれも朴刀を携えている。

南の丘に、一際目立つ騎馬の一団がいた。

まず目についたのは、鮮やかな朱の甲を着た女であった。その隣りに藍色の甲の若い男がいる。ぼろぼろの黒い衣を着た偉丈夫もいた。

白い甲をまとって、長い髪をそのままに紫の鉢巻きを巻いている男。遠目にも顔の青痣《あおあざ》が見て取れる男――。十人余りの男たちが馬に乗り砦を睥睨《へいげい》している。

山東三山の豪傑たちであることはすぐに分かった。

そんな中に、小柄で風采の上がらない二人の男が混じっている。おそらくあれが宋江、宋清《そうせい》兄弟であろうと童貫は思った。

砦内の兵たちはざわめいている。

巨石を防ぐ堅牢な建物など砦にはない。

浮き足だって、今にも逃げ出しかねない様子であった。

「童貫太尉――」

部曲将らが指示を求めて童貫の元に集まった。いずれの顔も青ざめている。

その時、胴間声が遠くから響いた。

「砦の腰抜け官軍ども！　よく聞け！　おれは桃花山の食客、魯智深という者だ！」

黒い衣の僧形の男だった。

「この中で一番声がでかいから、山東四山の首領の代理として、お前たちに告げる！　ただちに砦を放棄して、開封へ帰れ！　さもなくば、大石をぶち込む」

その言葉を受けて、岑允《しんいん》という部曲将が声を上げた。

「騎兵軍部曲将の岑允だ！　なぜすぐに攻撃をしかけぬ！」

「余計な殺生をしたくないからだ」

魯智深は戯《おど》けたように合掌した。

「ふざけるな！」

岑允部曲将は怒鳴る。

「ふざけているわけではないぞ。戦えば戦うだけ、こっちもそっちも命が奪われる。戦が長引くだけ、この平原に死骸が積み重なるのだ。ならば、戦評定で一気に決着をつけようということになり、投石機を引っ張り出した。そこで『ちょっと待て』と言ったのが、この魯智深さまだ。相手が撤退するならば、わざわざ全滅させることもあるまい。こちらもこれ以上の損耗を防ぐことができるとな――。分かったならその場で評定せよ」

魯智深は言い終えて腕組みをする。

官軍の部曲将たちは童貫を見た。

童貫は唇を真一文字に結んで豪傑たちを睨んだ。

ここで撤退すれば、それは敗北である。蔡京や高俅に付け入る隙を与えることになる。

岑允部曲将は童貫の表情からその思いを読みとって、豪傑たちに顔を向けた。

「盗賊の威《おど》しに屈するわけにはいかぬ！」

「嘘をつけばいいではないか。おれたちは敗れたことにしてやってもいいぞ。お前たちは山東四山の盗賊を鎮圧して開封に凱旋《がいせん》するのだ」

「そんなことができるわけはない！　四万の兵が聞いているのだ！」

「そのうちの誰かがポロリと漏らしたら一大事だってわけか」

魯智深はせせら笑うように言う。

「魯智深」史儱が衣の袖を引っ張る。

「交渉をしているのだ。相手を挑発してどうする」

「いけねぇ……」

魯智深は禿頭《とくとう》を掻いた。

岑允部曲将は図星を突かれて口ごもっている。

「まぁ、童貫と話し合ってみろ！　少しだけなら待ってやるぜ！」

魯智深は話を切り上げ、相手に預けた。

岑允部曲将は童貫に顔を向けた。

童貫は薄笑いを浮かべている。

「いかが……いたしましょうか？」

岑允部曲将は童貫の表情の意味を測りかねて、口ごもりながら訊《たず》ねた。

「連中に気づかれないように、投石機をよく見てみろ」

童貫は小声で言う。

部曲将たちは何気ない様子を装いながら東西、南の丘の向こうから伸びる投石機の腕木を見た。

「あの細さでは五十斤（約三〇キロ）の石も飛ばせぬぞ。綱を引いた瞬間に折れてしまおう」

「なるほど……」

部曲将たちは肯いた。

「形ばかりの偽物でございますな」

岑允部曲将が言った。

「撤退の約束をせよ」

童貫が言う。

「えっ？　投石機が偽物と分かっているのにでございますか？」

「東西と北の木戸から出ると言え。まず騎兵軍、歩兵軍を出し、その後に荷駄隊だ――」

童貫は子細を説明した。

岑允部曲将はそれを聞き終えると、南の丘の豪傑たちに向き直った。

「今から砦を出る。東西と北の木戸から出るから、攻撃はするな！」

「素直で大変結構！　お前たちが街道の北に消えるのを見送ってやる。追撃もしない。ただし、持ち出していい荷物は、開封までの食糧だけだ！　残りの兵糧と武器は置いて行け！」

魯智深は答える。

「ならば、投石機をもっと後ろに下げてくれ」

「分かった！」

魯智深は後ろを振り向き、丘の下へ大きく腕を振って合図した。

鼓角が鳴って、投石機の腕木は揺れながら後退した。

「それでは、兵略通りに」

部曲将たちは童貫に言って、それぞれの部曲軍へ走った。

砦の東西と北の木戸が開いた。まず童貫とその牙軍らしい一団が砦を出て、柵の北側に整列した。続いて騎兵軍、歩兵軍が各部曲将を先頭に粛々と木戸を出て行く。そして、牙軍から広く間を開けてその前方に整列する。歩兵軍は中央寄りに。騎兵軍は外側に並んでいる。

兵たちが移動している間に、荷駄隊は天幕を片づけて荷車に乗せる。

荷物を積み終えた荷車から砦を出て行く。

荷駄隊は歩兵隊の中央を突っ切って、兵団の後方、牙軍の脇に列を作った。

騎兵軍の中から角笛の音が響いた。

騎馬が一斉に向きを変えて、東西へ駆け出した。

※　　　※

角笛が響き渡った瞬間、四山の豪傑たちも動いた。

李忠は、宋江と宋清を連れて丘の南側に駆け下り、占領した砦へ向かって馬を走らせた。

宋兄弟は戦いの足手まといになるからである。

東西の山東四山軍から焔硝球が飛ぶ。

突進してくる騎兵軍の中で焔硝球が爆発する。兵も馬も吹き飛ばされる。助かった馬は音に驚いて暴れたが、騎兵は巧みに手綱をさばいて、丘陵へ駆け上る。

四山軍は焔硝球の攻撃を止め、朴刀を振りかざし、官軍を迎え撃つために丘を駆け下った。

南の丘陵の豪傑たちは、それぞれの得物を持って丘の北側を駆け下った。

官軍の騎兵は東西の丘陵へ向かって駆けている。

四山軍の騎兵はそれを迎え撃つために丘を下る。

二つの土煙が丘の麓で交わった。

豪傑たちは東西に分かれて走る。

史進と史儷は西の丘へ向かっていた。楊志と武松が一緒である。東へは魯智深、花栄、孔兄弟が走った。

「呉用の兵略、失敗したぜ」史進が毒づく。

「一日、二日は偽投石機で誤魔化せるとぬかしたくせに！　儷の言う通りに布陣を考えておいてよかった」

「呉用は『わたしのせいではない』と言うであろうな」史儷が笑った。

「偽投石機の出来が悪かったと、あれを作った者のせいにするだろうよ」

「呉用を悪し様に言いたくなるのも分かるが――」楊志が苦笑しながら言う。

「まぁ、こうなれば力で押し返すしかあるまい」

楊志は言って、敵歩兵軍の方へ向きを変えた。その後ろを数十騎の二竜山騎馬隊が追う。

楊志は歩兵軍の中に馬で突っ込むと、敵兵を蹴散らしながら突き進み、軍の真ん中あたりで馬を飛び下りた。

着地するまでに、三人の歩兵を朴刀で叩き斬った。

二竜山騎馬隊は馬に乗ったまま、歩兵を切り伏せて行く。

官軍歩兵が楊志に殺到する。

楊志は朴刀を左右に振って四人、五人と斬り捨てて行ったが、十人目で朴刀の柄が折れた。

楊志は右手に刃、左手に折れた柄を持って、左右から飛び込んで来る歩兵の胴に突き立てた。

正面から一人。楊志は姿勢を低くして吹毛剣の柄を握り、跳び上がりざま下腹から顎下まで斬り上げた。

倒れ込む兵の胴を踏み台にして跳び、楊志は走ってくる十数人の兵の真ん中に飛び下りた。

冑《かぶと》ごと頭を叩き割り、右の兵の首を斬り飛ばすと、左の兵の腹を蹴った。

腹を蹴られた兵は後ろざまに飛び、三人の仲間を巻き添えにして倒れた。

そこを二竜山騎馬の蹄が襲う。

「楊志！　青面獣の楊志！」

胴間声が響いた。

周謹であった。馬に乗り朴刀を振りかざして楊志に突進して来る。

楊志は、ぎりぎりまで周謹の馬を引き寄せると、朴刀の柄を叩き斬って横様に飛んだ。

周謹は朴刀の柄を捨て、騎射用の短い弓を取る。矢壺《やつぼ》から矢を取って立て続けに三本放った。

楊志は側に倒れている官軍兵の死体から手楯《てだて》を奪い、体の前にかざした。

三本の矢は楯に命中する。

「弓の腕はいいな」

楊志は手楯を持ったまま、駆け寄せてくる周謹に向かい合う。

周謹は矢を連射する。

楊志はそれを手楯で受けつつ、またしても周謹の馬が間近に迫るまで待った。

周謹は楊志を蹴り殺す勢いで馬を走らせる。

馬の前脚が、楊志の体に振り上げられる。

楊志は一歩踏み出して、吹毛剣を横薙《よこな》ぎにした。

太い馬の脚が両断された。

馬は前のめりに倒れる。

勢いがついた周謹の体が飛んだ。
周謹は地面を転がり、気を失って横たわった。
楊志は駆け寄ってとどめを刺すべく吹毛剣を振り下ろした。
がつっ。
吹毛剣の刃が跳ね上げられた。
索超が金蘸斧で周謹を守ったのであった。
「兄者のおでましか」
楊志は左脚を一歩引き、吹毛剣を構える。
索超は雄叫びを上げて金蘸斧を振り下ろす。楊志は跳んでそれを避ける。
手斧の重さは、いかに扱うのが偉丈夫であろうと、振り回す時の動きを鈍くする。
楊志は索超が体勢を整えるまでのわずかな間を逃さず、攻撃を繰り出した。
索超が斧で刃を防ぐと、まるで木を削ぐように鋼の破片が落ちた。
噂に聞く吹毛剣の切れ味は凄《すさ》まじい――。
索超は、できるだけ刃を合わせぬように攻撃をかわしながら斧を振るった。
両者の戦いは一進一退。互いの刃は寸毫《すんごう》も相手を傷つけることができない。

※　　　　※

史進も史儷も、疲れてきた馬を捨てて官軍兵と戦っていた。
史進は三尖両刃四竅八環刀。史儷は朴刀の刃の峰に九つの環のついた九環刀である。いずれも力強く振ると環と刃が触れ合って音を立てた。

二人は美しい音を立てて、敵を斬り倒して行く。

ある時は両手で柄を摑み力強く振り下ろし、ある時は片手で持って円を描くように、押し寄せる敵を両断する。

史進は、左から来る敵の攻撃を、咄嗟《とっさ》に拾った手楯で防ぎ、姿勢を低くして体当たりする。背中に乗った敵を膝のバネで弾《はじ》き上げると、一回転して大地に仰向けに倒れたそれに史儷がとどめを刺す。

右から突進してくる敵を、史儷は身をかわして避け、その背中を蹴り飛ばす。

史儷が蹴った敵が目の前に飛んでくると、史進が斬り伏せる。

時に背中合わせになり、時に一引（約三〇メートル）ばかりも離れて、二人は舞うように戦った。

※　※

花栄はもっぱら弓を使った。騎射用の短い弓であったが、鋼を使ったそれは射程も長く、一里（約五五三メートル）も離れた敵の眉間を見事に射抜いた。

敵に押される孔明、孔亮を見つけ、花栄は二本の矢を立て続けに放った。

一本の矢は、今しも孔明の腹に、朴刀で渾身《こんしん》の一撃を加えようとしていた敵兵の冑を貫いた。

もう一本は、孔亮にのしかかって、短刀の刃を彼の喉に突き立てようとしていた敵の喉に刺さった。

花栄は、五分の戦いを繰り広げている楊志と索超に目を向ける。

襲いかかってくる兵に馬の前脚の一撃を加えながら、花栄は索超に狙いを定めた。宿星を持つ大事な豪傑であるから、急所は狙わない。右腕の肩口に鏃《やじり》を向けた。

索超の動きを予想して矢を放つ。

空気を切り裂き、矢は索超の右肩目がけて飛ぶ。

楊志の攻撃に索超は身を反らす。

矢はその首筋に吸い込まれる。

花栄は、ひやりとした。

次の瞬間、索超は左手を伸ばして矢を発止《はっし》と摑んだ。

楊志の吹毛剣が索超の顔面に食い込む直前で止まった。

「花栄！　余計なことはするな！」

楊志は叫んだ。

「すまん！」

花栄は素直に謝り、自分に走り寄せる敵に矢を連射した。

「手心など加えおって！」

索超は怒りの形相で怒鳴る。

楊志は後ろに跳んで間合いを空ける。

「仲間になって欲しいと言ったであろう。お前を殺すわけにはいかぬ」

「ふざけるな！」

索超は叫ぶと凄まじい勢いで金蘸斧を振り回し、楊志に迫った。

※　　※　　※

魯智深は錫杖を振るい、敵兵の頭を打つ。

頑丈な冑も魯智深の怪力にはひとたまりもなくひしゃげた。

突き出される矛は柄を握って片手でへし折り、飛来する矢は敵兵をむんずと摑み上げてその体を楯にした。

豪傑たちは果敢に戦っていたが、多勢に無勢である。四山兵たちはしだいに数を減らして行った。

※　　※　　※

呉用は丘の向こう側の投石機のそばで、ぶつぶつと呟きながら歩き回っていた。

偽投石機で威す策は呆気《あっけ》なく打ち破られた。

絶対に、史進や宋江はわたしを責めるに違いない。それは面白くない。なにか挽回《ばんかい》する策はないものか――。

呉用は脆弱《ぜいじゃく》な投石機の腕木を見上げた。

そして、閃《ひらめ》いた。

※　　※　　※

東西、南の丘の向こうで、投石機の腕木が撓《しな》った。戦いに夢中の官軍はそれに気づかない。

腕木がぶんっと跳ね上がる。

細い煙を曳《ひ》いた丸い物が、砦の向こう側、童貫と牙軍、荷駄隊の方向へ飛んだ。

童貫はいち早くそれに気づいた。

「焔硝だ！　散れ！」

童貫は手綱を引いて馬の首を後方へ回し腹を蹴った。

牙軍の兵たちは童貫を守るようにその周囲を囲んで走る。

荷駄隊の兵たちは悲鳴を上げながら四方に走った。

五十斤（約三〇キロ）の石を打ちだすことが出来ない投石機でも、二斤（約一・二キロ）を下回る焔硝球は難なく射出出来ることに呉用は気づいたのであった。

焔硝球は砦の北側に連続して落下し、爆発した。

荷駄隊は逃げまどい、童貫と牙軍は射程から遠ざかろうと北へ走った。

投石機が焔硝球を射出していることに気づいた官軍兵たちは、丘の向こう側目指して走り出す。

行かせまいと四山軍がくらいつく。

丘陵のせめぎ合いは、四山軍が押されて、しだいに後退する。豪傑たちが駆け寄せて、一旦は反撃に転じるが、またじりじりと押される。

そして、ついに官軍の兵たちは丘の頂上に到達した。丘の下り斜面に追いつめられた四山兵たちは、足場の悪さから転倒する者が続出した。倒れた兵に、ここぞとばかりに官軍兵が襲いかかる。

その時である。

遠く、無数の鼓角の音が響き渡った。

官軍兵たちははっとして音の方に顔を向けた。

山東四山を含む山稜の麓に、広く土煙が上がっていた。黄褐色の靄《もや》の中に見えるのは、騎馬の大軍である。

巨大な鶴翼の隊形を作り、凄まじい速度でこちらに迫ってくる。

土煙の様子から、十万を遥《はる》かに越える大軍に見えた。

丘陵の戦いは凍りついたように停止した。

官軍も四山軍も、いま南から迫り来る大軍の正体を見定めかねていたのである。

三頭の馬が、大軍よりさらに速く、こちらに駆けてくる。

「史進どの！　史儞どの！」

胴間声が遠く聞こえた。

史進と史儞は丘の上から南を見下ろす。

三人の騎馬兵が得物を大きく振り回している。一人は朴刀、一人は点鋼矛《てんこうぼう》、もう一人は大桿刀《だいかんとう》である。

「朱武《しゅぶ》、陳達《ちんたつ》、楊春《ようしゅん》、ただいま参上つかまつりました！」

少華山《しょうかざん》の三頭目であった。彼らは今や梁山泊の住人である。

史進と史儺は顔を見合わせ、肯き合った。

「援軍だ！　梁山泊軍が来たぞ！」

史進が大きく叫んだ。

丘陵の兵たちがどよめいた。

四山兵は歓喜の声。

官軍は絶望の声である。

「退却だ！」

官軍の部曲将が叫んだ。

官軍兵がどっと動き出す。丘の南斜面を北に向かって走る。

伝令がその間を縫って砦の北の童貫の元へ走る。

「梁山泊軍でございます！　その数十万以上！」

「なんだと！」

「部曲将たちは撤退を命じました！」

「うむ……」

童貫は歯がみをした。こちらの倍以上の大軍が押し寄せてくるという――。

ここで撤退すれば、開封での立場が悪くなる。しかし、留まればそこにあるのは確実な死だ。

「撤退だ！　余計な荷物は置いて行け！」

童貫は叫ぶと馬を走らせた。牙軍がそれに続き、荷駄隊の者たちは我先に荷馬車の馬を奪い合い、逃げ出した。馬を手に入れられなかった者は全速力で走った。

丘の官軍たちは、北への街道をひた走る童貫と牙軍の姿を見て、後ろを振り返りつつ逃げた。

梁山泊軍はすぐそこまで迫っている。

無数の旗が土煙の中に見えた。〈水泊梁山〉の文字。山東の州の旗印もあった。その中に、一際目立つ紅い旗があった。

翩翻《へんぽん》と翻るそれには〈替天行道《たいてんぎょうどう》〉の文字が白抜きされていた。

天に替《かわ》りて道を行う――。

誇らしげに掲げられたその文字に下唇を噛《か》みながら、官軍兵たちは逃げに逃げた。

実のところ、梁山泊軍は五万に満たない軍勢であった。もうもうと上がる土煙は、後列の兵たちが激しく土を蹴散らして舞い上げていたのであった。

四山兵たちは丘の上で勝ち鬨を上げた。

その声は大気を、大地を震わせて、遠く逃げていた童貫の耳にも届いた。

朱武、陳達、楊春の三人は丘に駆け上がると馬を飛び下りて史進と史儷の元に駆け寄った。

「よくぞご無事で！」

荒くれ者の陳達の目に涙が浮かんでいた。

「お前たちこそ、よく来てくれた」

史進は満面の笑みを浮かべて三人と手を握り合った。

「ほれ。義侠心《ぎきょうしん》というものは確かにあろう？」

史進は史儷を振り返って自慢げに言う。

「しつこい」史儷は鼻に皺《しわ》を寄せた。

「兄者は、繰り言を言うくどい爺《じじ》ぃになるぞ」

「違いない、違いない」

と言って丘を上って着たのは呉用だった。

「呉用！　お前の読みが外れたために、戦になってしまったではないか！」

史進は呉用の襟首を摑んだ。

「戦いにならんとは言うておらんぞ。勝ちも負けもせずに、敵を追い返すと言ったのだ。見てみろ。言った通りになったではないか！」

呉用はばたばたと手足を動かしながら、顎で逃げて行く官軍を指した。

「史進」

丘の下から声がした。目を向けると梁山泊軍は丘陵の麓に整列していて、先頭の晁蓋《ちょうがい》――梁山泊の現頭領が史進を見上げていた。

「まぁ、全滅する前に間に合ったのだ。それでよしとしろ」

晁蓋の言葉に、史進は呉用を突き放した。

尻餅をついた呉用はぶつぶつと文句を言いながら立ち上がる。

「晁蓋。凱旋してきた所を申し訳ないが、この砦を再建する仕事を頼めないか。ここを一の関門とする」

「お安い御用だ。堅牢《けんろう》な砦にしよう」

「史進たちは自分の山へ戻ってよいぞ。わたしは梁山泊へ戻って、つぎの兵略を考える」

呉用は丘を降りる。

「次はもっとちゃんとした兵略にしろよ！」

史進はその背中に怒鳴った。

呉用はそれを無視して梁山泊騎馬兵から馬を奪い、とことこと西の方へ駆けていった。

六

白虎山の攻防が落ち着いて十日余りが経った頃。あたりはすでに冬枯れの景色であった。

梁山湖の畔の四阿《あずまや》に呉用と林冲《りんちゅう》の姿があった。

冬には乾燥して晴れ渡る日が多いこの辺りには珍しく、重苦しい曇天である。灰色の空を背景に、湖に浮かぶ島々は黒い墨の滲《にじ》みのようであった。思い出したように吹く風が水《みな》面《も》に漣《さざなみ》を立て、島々の鏡像を時折ぼやけさせた。

茅《かや》で葺《ふ》いた屋根の下、二人は綿入りの深衣をまとい床几《しょうぎ》に座っている。足元に炭火の熾《お》きた火鉢があった。

「わざわざこんな寒い場所に呼び出すな」呉用は背中を丸めて炭火に手をかざす。

「それに、近侍も遠ざけるなど、よほど重要なことなのか？」

「わたしの勘違いかもしれないのでな」林冲は眉間に皺を寄せて呉用を見た。

「ほかの者たちには聞かれたくない」

「どういう話だ？」

「史進のことだ」

「史進がどうした？」

「史進が桃花山に戻ってから何度か話をしたのだが、どうも様子がおかしい」

「酷《ひど》い目に遭ったのだから、しばらくは、ここがおかしくなっていても不思議はない」

呉用は頭を指さす。

「うむ。確かにそうなのだが……」

「史進がなにをした？」

「なにかをしたというのではない。高俅についての見方が気になるのだ」

「高俅のことをなんと言っていた？」

「悪い奴とも思えぬと」

「ふむ――。根拠は聞いたか？」

「史進は二度官軍に捕らえられ、二度、高俅と話したという。そこであの男の思いを聞いたのだというが――。我らと進む道は異なるが、思いは同じだと史進は言った。高俅もまた、世直しを考えているという。高俅は、宋国を変えるには、大内を変革しなければならないと考えた。そのためには大内で高い地位を得なければならない。そこで奴はあらゆる手を使ってヤクザ者から殿前司都指揮使《でんぜんしとしきし》にまでのし上がった――」

「それをコロッと信じたのか？」

「そのようだ」

「百歩、千歩譲って、高俅が大望を抱いているとしよう。その大望のためにはどんな汚い手を使ってもよいという考えを史進は肯定したのか？」

「大望のために戦で多くの兵の命を奪うこととどこがちがうのか――。史進はそう言った」

「それも高俅に吹き込まれたか？」

「いや。史進の考えのようだ」

「ふむ――。なるほど、単純な史進の考えそうな論理だ――。で、お前は史進が高俅の密偵にでもなったと思ったか？」

「いや。史進は密偵ができるほど器用ではない。だが、我らの刃が高俅に迫った時、史進が障害になってはまずいと思ったのだ」

「だから、今のうちに殺してしまおうと？」

呉用は背中を丸めたまま顔を上げて、じっと林冲を見た。

林冲は強く首を振った。

「そこまでは考えていない。だが、史進の言動には注意を払って行かなければならないと思う。捕虜になった者は、囚《とら》われている間に敵の思想を刷り込まれてしまう場合がある」

「分かった。監視をつけよう」

「あからさまに監視をつければ、史進は我らに不信感を抱くぞ」

「適任がいる」

「――史儷か？」

「お前がおかしいと感じたなら、史儷はもっと前からおかしいと感じているだろうよ。だから史儷に一言『史進は高俅に肩入れしすぎる』と囁《ささや》いてやればいい。史儷は冷静に史進を観察し、手綱をさばいてくれるだろうよ」

「なるほど――」林冲は肯いた。

「わたしが囁けばよいか？」

「いや。わたしがやる。お前も史進に似たり寄ったりの真っ直ぐな男だからな。不器用にやられてこじらせて、九紋龍の兄妹二人とも離反されることにもなりかねん」

「うむ――。お前に任せる」林冲は渋い顔で言った。

「火鉢はおれが片づけておく。山寨に戻ってくれ」

「いや――」呉用は首を振った。

「なにやら、風流な気分に浸りたくなってきた。しばらくここにいる。火鉢は誰かに片づけさせる」

「そうか。ではわたしが先に戻る」

言って林冲は四阿を出た。

呉用は森の中に入っていく林冲の後ろ姿を見送った後、しばらくの間ぼんやりと湖の景色に目を向けていた。

四阿に歩み寄る足音が聞こえた。

呉用はちらりと足音の方を見る。

大柄な男が森の中から現れた。浅黒い肌で、もみ上げの紅痣《こうし》から一房の赤毛が伸びている。

梁山泊の豪傑の一人、劉唐《りゅうとう》であった。東潞州《とうろしゅう》から流れてきたと自称するが、詳しい出自は誰にも語ろうとしない謎めいた男である。潜入工作が巧みで、呉用に命じられあちこちの府州で情報収集にあたった経験があった。

「林冲には気づかれなかったか？」

呉用が訊く。

「ああ。大丈夫だ。鉢合わせになることを恐れるなら、別の日にすればよかっただろう」

「こんな寒いところに二日も出張れるか。一度で済むならその方がいい」

「ものぐさ者め」劉唐は笑いながら、さっきまで林冲が座っていた床几に腰を下ろした。

「それで、なんの用だ？」

「仕事を頼みたい」

「そんな用事なら、人目をはばかることもあるまい」

「劉唐。お前、北狄軍に潜り込め」

「北狄軍へ……」劉唐の表情が曇る。

「おれは宿星を持つ豪傑の一人だぜ。お前の名簿で名前は知れている。北狄軍にはおれの名前と顔を知っている者もいる。すぐに梁山泊の間諜《かんちょう》だと見破られる」

「お前、世間にばらまいたわたしの名簿をよく見たことはあるか？」

「お前がでたらめに書いたものなんか、真面目に読むものか」

劉唐は笑った。

「そういう所にまで注意を配っておかぬと敵の策略の裏をかくことはできぬぞ」

「……どういうことだ？」

「わたしが豪傑たちに見せている名簿と、世間にばらまいた名簿には、あちこち相違点がある」

「どこが違うんだ？」

「まぁ色々と細工はあるのだが、お前について言えば、天異《てんい》星《せい》の欄にはお前の名はない」

「誰の名が記されている？」

「我らの間ではそうなっている。だが、いずれお前を北狄軍に潜り込ませようと考えていたから、世間にばらまいた名簿には天異星には史儷の名を記した。お前と梁山泊はなんの関係もないと装うためにな。ことさらに百八の宿星と豪傑の名簿について吹聴するのは、そういう仕掛けを使うためでもあるのだ」

「史儷……。史儷は史進と二人で天微星《てんびせい》を宿星としていると聞いた」

「史儷だ」

「なるほど……」

劉唐は眉間に皺を寄せ唇を真一文字に引き結ぶ。

「お前が北狄軍に入れば、すぐに猝炫の近習となろう」呉用はにやりと笑う。

「耶律晏獄《あんごく》——。猝炫の弟だからな」

劉唐が出自を語らないのはそういう理由があった。

家族で遼国を逃げ出した後、とある村で夜襲に遭い、ばらばらになって逃げた。それ以来、ほかの家族とは生き別れになった。兄の猝炫が北狄軍の将軍になっていることを知ったのは、劉唐が盗賊に身を持ち崩した後であった。

「この度の戦いで北狄軍の実力はよく分かった。官軍との協力がうまく行かなかったこと、北狄軍の数が五千程度であったから、我らはなんとか勝てた。密偵の知らせによれば、兵を増やす許しを童貫から得たという。北狄軍の数が増えれば、これから苦しい戦いが続くことになる。お前は北狄軍に入って、しばらくの間その動きを探り、こちらに知らせるのだ。猝炫の近習になれば、いち早くその兵略を知ることができよう」

「北狄軍に入れば、梁山泊軍と戦わなければならなくなる」

「今と同様に密偵の役割ならば、直接戦うこともない」

「将として迎えられたなら？」

「士兵ばらは殺しても構わぬ」呉用はけろっとした顔で言った。

「豪傑らと戦うことになっても、連中は真剣勝負に見えるように演じることもできる。その時には、こちらでの扱いは裏切り者となるがな。まぁ、いつでも戻って来られるよう、豪傑たちには話を通しておく」

「おれが裏切るとは考えないのか？」

劉唐はじっと呉用を見た。

「お前が裏切ったとなれば、『劉唐ゆるすまじ』と、こちらの豪傑達の志気が上がる。あちらにお前が間諜だとバレれば、実の弟に裏切られた猝炫の心に大きな傷をつけることができる――。なにより、お前は拾ってやったわたしの恩を忘れる男ではない」呉用はにっこりと笑う。

「違うか？」

「酷《むご》いことを考える男だ」

劉唐は溜息《ためいき》をついた。

「山東を手に入れた後、我らはこれから梁山泊の周辺を平らげなければならん。まずは祝《しゅ》家荘《かそう》、扈家荘《こかそう》あたりからだ。北狄軍の動きがあらかじめ分かっていれば、兵略が立てやすい――。分かったら、すぐに行け」

呉用は言った。

劉唐は黙って立ち上がり、四阿を出ていった。

呉用は四阿の手摺《てす》りに肘を乗せて頬杖《ほおづえ》をつくと、小雨が降り始めた湖の景色を眺めた。

湖面に小さな波紋が無数に広がり、茅葺きの屋根に静かな雨音が鳴った。

本書は書き下ろし作品です。

時代小説文庫
ひ 7-19

水滸伝《すいこでん》 三 白虎山《はくこざん》の攻防《こうぼう》

著者 平谷美樹《ひらやよしき》

2015年8月18日第一刷発行

発行者 角川春樹

発行所 株式会社 角川春樹事務所
〒102-0074 東京都千代田区九段南2-1-30 イタリア文化会館

電話 03(3263)5247[編集] 03(3263)5881[営業]

印刷・製本 中央精版印刷株式会社

フォーマット・デザイン&シンボルマーク 芦澤泰偉

ISBN978-4-7584-3935-0 C0193

http://www.kadokawaharuki.co.jp/[営業]
fanmail@kadokawaharuki.co.jp[編集] ご意見・ご感想をお寄せください。

時代小説文庫

平谷美樹

水滸伝 ●一 九紋龍の兄妹

政和二（一一一二）年。華州華陰県史家村に若い双子の兄妹がいた。男の名は史《し》進《しん》、女の名は史《し》儷《れい》。二人とも眉目秀麗で棍術の達人だった。晩夏のある日、少華山の盗賊との戦いのさなか、王進という男と出会う。王進は東京開封府八十万教頭――近衛兵たちの武芸師範だった。この出会いは、二人を含めた多くの人間の運命を変えていくことになるのだが……。圧倒的なスケールと迫力で描く、平山美樹版「水滸伝」、堂々の開幕！

平谷美樹

水滸伝 ●二 百八つの魔星

少華山討伐軍との戦いの中で、武芸の達人・王進は討たれてしまう。史家村を脱出した史進、史儷たちは、呉用という旅人と出会う。彼から百八つの魔星を宿した英雄の話を聞かされた史進たちは、滄州へと向かうことに。一方、王進の首を取り戻すことを約束した呉用は、耶律軍を追いかけることになるのだが……。圧倒的なスケールと迫力で描く、新しい「水滸伝」第二弾！

時代小説文庫

平谷美樹

義経になった男 一 三人の義経

嘉王二年（一一七〇年）。朝廷が行った強制移住で近江国に生まれ育った蝦夷《えみし》のシレトコロは、まだ見ぬ本当の故郷―奥羽―を想っていた。十三歳の春のこと、三条の橘司信高《きちじのぶたか》と名乗る男があらわれ、シレトコロは奥羽に連れて行かれる……。それは、後の源義経の影武者とするためだった。一方、鞍馬《くらま》山で〈遮那《しゃな》王〉と名乗ることとなった十六歳の牛若は、奥州平泉に向かう決意をする。新しい義経を描ききった、歴史小説の金字塔！

（全四巻）

平谷美樹

義経になった男 二 壇ノ浦

寿永三年（一一八四年）九月。義経が検非違使五位尉《けびいしごいのじょう》に叙せられて、京の治安は落ち着き始めていたかに見えた。だが激怒する頼朝は、義経を京に飼い殺しし、雑事ばかりを与えていた。元暦二年（一一八五年）、頼朝は平家の本拠である屋島を攻めるために、義経を追捕使《ついぶし》として四国へ向かわせることになった。二人の影武者、沙棗《さそう》と小太郎とともに戦いに挑む義経。兄・頼朝を信じようとする義経と、頼朝は怨敵であると認識する沙棗。運命が、二人を中心に大きく動き始めていた……。

（全四巻）

時代小説文庫

平谷美樹

風の王国 ❶ 落日の渤海

延喜十八年（九一八年）夏、東日流国《つがるのくに》（現在の青森県）。東日流の人間として育てられてきた宇鉄明秀《うてつのあきほつ》は自分の出生の謎を解き明かすために、海を隔てた渤海国《ぼっかいこく》へ向かう。十七年前に赤ん坊だった自分を東日本流に連れてきたのは誰なのか？命がけの船旅を経て、やがて明秀は渤海の港町・麗津《らいちん》へと辿り着くのだが……。幻の王国・渤海を舞台に繰り広げられる、侵略と戦争、恋と陰謀。壮大なスケールで描く、大長篇伝奇ロマン小説の開幕！（全十巻）

平谷美樹

風の王国 ❷ 契丹帝国の野望

渤海《ぼっかい》国王族の血筋であることが判明した明秀《めいしゅう》は、二月ぶりに東日流《つがる》へ帰ってきた。契丹《きったん》国との戦《いくさ》に備えて、渤海国王より援軍の頼みをつづった国書を届けるためだった。そして明秀は契丹の方術使に対するために、同じ力を持つ易詑を探すことに。一方、契丹国から皇太子・耶律突欲《やりつとつよく》の拉致を理由に、領土を要求された渤海国では、戦を避けるために大徳信の妹・芳蘭《ほうらん》を人質に献上しようとしていた……。壮大なスケールで描く大長篇伝奇ロマン、シリーズ第二弾！（全十巻）